novum pro

Rudolf Schmidt

Die Illusion des Peter P.

novum pro

Bibliografische Information
der Deutschen Nationalbibliothek:

Die Deutsche Nationalbibliothek
verzeichnet diese Publikation in
der Deutschen Nationalbibliografie.
Detaillierte bibliografische Daten
sind im Internet über
http://www.d-nb.de abrufbar.

ISBN 978-3-99064-247-4
Lektorat: Stine Berg
Umschlagfoto:
Erik Reis | Dreamstime.com
Umschlaggestaltung, Layout & Satz:
novum Verlag

Gedruckt in der Europäischen Union
auf umweltfreundlichem, chlor- und
säurefrei gebleichtem Papier.

www.novumverlag.com

An einem Dienstag im Sommer. Herr Peter Part geht in seiner Mittagspause in einer belebten Geschäftsstraße einer Großstadt spazieren. Vor der Auslage eines Sportgeschäfts bleibt er interessiert kurz stehen, dann geht er langsam weiter in Richtung eines ihm bekannten Restaurants mit einem großen schattigen Gastgarten.

Ein paar Schritte vor dem Restaurant bleibt er spontan stehen. Er bemerkt auf der gegenüber-liegenden Straßenseite eine sehr schöne, blonde, elegant gekleidete Frau, etwa 28–30 Jahre alt.

Sie trägt eine grüne Bluse und einen eng anliegenden weißen Rock, eine hellgrüne Handtasche und farblich dazu passende grüne Stöckelschuhe. Sie geht scheinbar ziellos von einem Geschäft zum anderen. Dann bleibt sie kurz stehen und schaut gelangweilt in das Schaufenster eines Modegeschäftes.

Herr Part kann nicht begründen, warum er diese Frau beobachtet, aber es ist nicht nur die äußere Erscheinung, die ihn an dieser Frau fasziniert.

Einem plötzlichen Impuls folgend, überquert er die Straße und bleibt ein paar Schritte hinter dieser Dame stehen. Er blickt ebenfalls in das sich spiegelnde Glas desselben Modegeschäftes, in welches sie schaut. Er sieht deutlich, dass sie zu ihm hinsieht. Sie streicht sich nervös durch die Haare, dann dreht sie sich abrupt um und geht zum nächsten Schaufenster eines Modegeschäftes.

Sie greift in ihre Handtasche und nimmt ein Handy heraus. Sie spricht mit jemanden. Sie redet nur ganz kurz, dann legt sie das Handy wieder in ihre Handtasche zurück.

Herr Part bleibt ein paar Schritte hinter ihr stehen. Den Restaurantbesuch hat er völlig vergessen. Es gibt für ihn nur noch einen Gedanken, er möchte diese Frau kennenlernen. Er betrachtet sie genau und bemerkt an ihrem weißen Rock hinten rechts einen ganz kleinen roten Fleck.

Er denkt, das wäre ein gutes Argument, um sie anzusprechen und sie darauf aufmerksam zu machen.

Plötzlich greift sie kurz, aber fest an das Geländer, das zum Eingang des Modegeschäftes führt.

Herr Part denkt: „Vielleicht ist es nur eine kleine Unsicherheit oder ein momentanes Unwohlsein? “

Sie lässt das Geländer gleich wieder los und streicht sich wieder durch ihre blonden Haare.

Er stellt sich neben sie und fasst sich ein Herz: „Guten Tag, darf ich Sie auf etwas aufmerksam machen?“

Sie schaut ihn verdutzt an.
Sie: „Nein!“

Herr Part: „Ich glaube, es ist aber wichtig!“

Sie: „Nein!“

Herr Part: „Es ist aber sehr wichtig.“
Sie, in einem aggressiveren, aber auch ängstlichen Ton in ihrer Stimme: „Was wollen Sie von mir?“

Herr Part: „Ich möchte Sie auf ein kleines Malheur aufmerksam machen.“

Sie: „Wo ist es?“

Herr Part: „Auf der Rückseite ihres Rockes.“

Sie: „Das glaube ich Ihnen nicht!“

Herr Part: „Es sieht aus wie ein winzig kleiner Blutfleck."

Sie blickt ihn entgeistert an, dann denkt sie kurz nach.

Sie: „Ist das wirklich ihr Ernst oder wollen Sie mich nur anmachen? Ich habe doch nicht … "

Sie unterbricht sich kurz und spricht nicht weiter.

„Gleich neben diesem Geschäft befindet sich eine kleine Mauernische. Dort können Sie unbeobachtet den Rock nach vorne drehen und sich selbst davon überzeugen, dass ich Sie nicht angelogen habe!", schlägt Herr Part ihr vor.

„Gut, das mache ich, aber ich glaube, dass ich nichts an meinen Rock finden werde. Ich lasse mich niemals von fremden Männern ansprechen und ich nehme an, dass Sie diesen Blutfleck nur erfunden haben, um mich kennenzulernen!", stimmt sie widerwillig zu.

Leicht verärgert dreht sie sich um und verschwindet in die kleine Nische neben dem Geschäft.

Nach einer Minute kommt sie mit einem verlegenen Gesichtsausdruck wieder hervor. Und mit einer sehr freundlichen Stimme: „Sie haben recht. Diese Situation ist mir sehr peinlich, aber es ist nicht das, was Sie vielleicht denken. Warum mir so etwas passieren konnte, weiß ich nicht, aber was soll ich machen? Ich hatte vor, bei diesem herrlichen Wetter wieder einmal nach längerer Zeit einen Stadtbummel zu machen, aber so kann ich unmöglich weitergehen."

Herr Part meint nur: „Ich möchte mich vorstellen. Ich heiße Peter Part und bin Makler. Mein Büro befindet sich ganz in der Nähe. Ich gehe in meiner Mittagpause bei gutem Wetter entweder spazieren oder in ein nahe gelegenes Restaurant eine Kleinigkeit essen."

Er schaut ihr mit einem mehr als freundlichen Blick in die Augen.
„Heute habe ich nicht nur mit dem schönen Wetter Glück gehabt!“„ Sie, mit einem leicht irritierten und verwunderten Gesichtsausdruck: „Ach, Sie sind Makler?“

„Ja, gefällt Ihnen dieser Beruf nicht?“

„Ganz im Gegenteil. Aber diese Situation ist mir sehr unangenehm und ich möchte mich für mein unfreundliches Benehmen von vorhin entschuldigen. Ich konnte ja nicht wissen, dass Sie die Wahrheit sagen!“, schiebt sie nachdenklich hinterher.

Und etwas zögerlich kommt dann über ihre Lippen: „Ich heiße Ines Holden und ich arbeite außerhalb der Stadt in einer Bank. Heute habe ich mir einen freien Tag genommen. Ich wollte einen kleinen Stadtbummel machen. Aber mit so einem unsauberen Rock kann ich natürlich nicht herumlaufen.“

Lächelnd geben sie sichdie Hand. Begeistert meint Herr Part: „Ich freue mich, dass wir uns, wenn auch auf eine etwas ungewöhnliche Art und Weise, begegnet sind. Ich habe auch eine Idee, wie Sie ihren Stadtbummel doch noch fortsetzen können. Ein paar Schritte neben diesem Modegeschäft befindet sich ein kleines CAFÉ, ich lade Sie ein und mache Ihnen bei einer Tasse Kaffee einen Vorschlag. Mir schwebt da eine fast perfekte Lösung vor.“

Frau Holden bleibt misstrauisch: „Und was schwebt Ihnen da vor?“

Herr Part flüstert geheimnisvoll: „Im CAFÉ werden Sie es erfahren.“

„Na gut, Sie haben mich überredet!“, lenkt Frau Holden ein.

Frau Holden folgt ihm in Richtung des Cafés.
Vor der Eingangstür des Cafés schaut Frau Holden Herrn Part mit einem Hilfe suchenden Blick in die Augen. Plötzlich spürt

er einen festen Druck auf seinem rechten Oberarm.Er ist total überrascht. Frau Holden hält sich an ihm fest.

„Was ist los, geht es Ihnen nicht gut?“, will er von ihr wissen.

Sie gibt ihm keine Antwort. Der Druck an seinem Oberarm lässt nach. Jetzt bemerkt er, dass sie das Bewusstsein verliert. Ihre leicht flatternden Augen sind fast geschlossen und sie scheint zu stürzen. Er drückt sie an sich und für einen Moment denkt er: „Nie hätte ich geglaubt, dass ich nach so kurzer Zeit des Kennenlernens diese schöne Frau schon in den Armen halten werde.“

Der Ohnmachtsanfall von Frau Holden dauert nur ein paar Sekunden, dann öffnet sie die Augen und scheint nicht zu wissen, wo sie sich befindet. Sie schaut Herrn Part ganz entgeistert an. Für einen Moment kommt eine Panikstimmung in ihr auf.

Frau Holden leicht verwirrt: „Wer sind Sie ?“

Er hält sie noch immer in seinen Armen.

Herr Part klärt sie auf:

„Wir sind die paar Stufen zu diesem Café herauf gegangen und plötzlich wurden Sie für ein paar Sekunden ohnmächtig. Wenn ich Sie nicht festgehalten hätte, wären Sie gestürzt.“

Er lässt sie vorsichtig los. Sie ist nun bei vollem Bewusstsein und kann wieder alleine und ohne Hilfe stehen.

Herr Part hält aber zur Vorsicht immer noch ihren Arm.

Er öffnet die Eingangstür und sie betreten das Café.

Herr Part:

„Setzen wir uns und ich bestelle für Sie ein Glas Wasser, dann wird es Ihnen gleich wieder besser gehen. Ich glaube, ein Kaffee wäre jetzt nicht das richtige Getränk für Sie.“

Sie setzen sich an einen Tisch in dem fast leeren Café. Herr Part bestellt bei der Kellnerin ein Glas Wasser und für sich einen Kaffee.

Frau Holden spricht langsam: „Jetzt kann ich mich wieder erinnern, Sie sind der Herr, der mich auf den Blutfleck auf meinem Rock aufmerksam gemacht hat. Sie heißen Peter Part. Oh Gott, ist mir das alles peinlich!"

Die Kellnerin serviert den Kaffee und das Glas Wasser.

Frau Holden nimmt mit leicht zitternden Händen das Glas mit Wasser. Sie trinkt einen großen Schluck und stellt das Glas wieder vorsichtig auf den Tisch zurück.

Herr Part gießt etwas Milch in seinen Kaffee, trinkt aber noch nicht davon.

Herr Part:

„Ist Ihnen so ein kleiner Ohnmachtsanfall schon einmal passiert?"

Frau Holden erinnert sich:

„Ja, vor zwei Wochen. Meine Schwester Elisabeth war gerade zu Besuch bei mir zu Hause. Ich wollte etwas aus der Küche holen und auf einmal verlor ich das Bewusstsein, ohne Vorwarnung, genauso wie vor ein paar Minuten. Als ich wieder zu mir kam, saß ich auf einen Stuhl vor meinem Küchentisch. Meine Schwester stand neben mir und erzählte, dass sie mich in der Küche liegend vorgefunden hat und dass ich versucht habe, alleine aufzustehen. Aber es ist mir nicht gelungen. Mit ihrer Hilfe habe ich mich dann auf einen Küchenstuhl gesetzt. Sie hat mir ein Glas Wasser gegeben, das ich in einem großen Zug ausgetrunken habe. Irgendwie spürte ich eine Leere in mir und sehr starke Kopfschmerzen. Ich habe sie dann gefragt, was mit mir geschehen ist und ob sie mir erklären kann, wieso ich ganz plötzlich das Bewusstsein verloren habe. Das ist doch nicht normal. Aber sie meinte nur: ‚So eine kleine Ohnmacht muss man nicht so ernst nehmen!' Sie beruhigte mich und erzählte mir, dass ihr vor Kurzem Ähnliches passiert sei. Dann meinte sie noch vorwurfsvoll: ‚Aber *mir* ist niemand zur Seite gestanden!' Meine Schwester ist 33 Jahre alt."

Tief blickt sie in Peters Augen.

„Und damit Sie gleich wissen, wie alt ich bin.
Ich bin drei Jahre jünger."

Peter denkt sich: „Dann habe ja ihr Alter richtig geschätzt. Aber ihre dunklen Augenringe sind schon sehr auffallend. Das kann vielerlei Ursachen haben. Aber es ist angenehm, ihr zuzuhören und Sie zu beobachten. So merke ich, dass es ihr wieder gut geht. Wäre das nicht der Fall, könnte Sie nicht so schnell und flüssig sprechen."

Frau Holden, weiter in ihrer Erzählung: „Als ich 19 Jahre alt war, lernte ich einen wunderbaren Mann kennen. Er war vier Jahre älter als ich. Ein Jahr nach unserem Kennenlernen heirateten wir und zogen in eine Eigentumswohnung, die von meinem Vater finanziert wurde. Mein Vater konnte noch bei meiner Hochzeit dabei sein, zwei Monate danach ist er an einem Krebsleiden gestorben. Als ich vier Jahre alt war, ist meine Mutter gestorben. Es war für meinen Vater keine leichte Aufgabe, zwei Mädchen alleine ohne Mutter aufzuziehen. Er hat nie mehr eine andere Frau gefunden oder vielleicht auch nicht nach einer Frau gesucht. Ich weiß es nicht. Er hat nie mit uns über dieses Thema gesprochen.

Nach meiner Hochzeit merkte ich, wie schön es ist, mit dem Ehemann alle Probleme zu besprechen und Entscheidungen zu treffen.

Aber trotzdem, die Erinnerung an die vielen gemeinsamen Erlebnisse mit meiner Schwester ließen mich nie ganz los. Und wir pflegen auch jetzt noch einen sehr engen Kontakt zueinander und haben auch keine Geheimnisse voreinander.

Ach, es gibt so viel zu erzählen, aber mehr beim nächsten Mal, wenn wir uns wiedersehen, oder was meinen Sie?"

Herr Part meint nur: „Ich kann mir gar nicht vorstellen, Sie *nicht* wiederzusehen. Ich freue mich sehr, dass Sie so ein großes Vertrauen zu mir haben und mir ein wenig aus Ihrem Leben erzählt haben. Es ist wirklich keine Neugierde bei mir, aber ich möchte es einfach nur wissen. Hat ihre Schwester nach ihrer ersten Ohnmacht einen Arzt für Sie gerufen?"

„Nein, sie war schon immer der Meinung, dass alles von selber wieder gut wird. Sie redete auch öfter von einer Selbstheilung, an die sie glaubt. Wenn es bei ihr oder bei mir überhaupt etwas zu heilen gibt?“, antwortet Frau Holden zaghaft.

„So eine Ansicht kann ich nicht teilen. Hatten Sie in letzter Zeit Probleme, auf die man vielleicht Rückschlüsse für diese Ohnmacht von vorhin schließen kann?“, Herr Part lässt nicht locker.

„Ja, die gibt es sehr wohl. Ich bin seit einem Jahr geschieden. Als mir mein Mann vor eineinhalb Jahren mitteilte, dass er sich von mir trennen will, brach für mich eine Welt zusammen. Ich war sehr enttäuscht und ich fühlte mich in meiner Ehre zutiefst verletzt, denn ich war immer eine anständige und treue Frau und ich habe mir nie etwas zuschulden kommen lassen. Die danach folgenden Streitereien und unbegründeten Vorwürfe gegen mich waren kaum zu ertragen. Und sehr oft stellte ich mir die Frage:

‚Hab ich vielleicht doch Fehler in meiner Ehe gemacht, die mir vielleicht gar nicht bewusst waren?‘

Es war eine ganz schlimme Zeit für mich. Nach der Scheidung dachte ich, es fängt ein neues Leben für mich an, aber ich konnte nicht alles Negative, das sich in den Monaten vor der Scheidung in mir aufgestaut hatte, einfach so verarbeiten. Sehr oft hatte ich den Gedanken, mir das Leben zu nehmen. Ich konnte diese langen Monate der nervlichen Belastung nicht mehr ertragen und dazu kamen noch Depressionen, ich war am Ende. Seit dieser Zeit fällt es mir sehr schwer, frei und unbeschwert zu sein.

Meine Schwester meinte zwar immer tröstend: ‚Die Zeit heilt alle Wunden.‘ Aber *meine* Wunden heilte die Zeit nicht.

Dass meine Schwester schon seit Jahren selbst psychische Probleme hatte und starke Psychopharmaka einnimmt, kehrt sie gerne unter den Tisch. Darüber will sie nicht reden.

Aber eines dürfen Sie noch wissen, ich wurde unschuldig geschieden und die Eigentumswohnung, in der mein Mann und ich gemeinsam wohnten, wurde mir zugesprochen. Schließlich war sie ein Geschenk von meinem Vater an mich. Vor Gericht beantragte mein Mann, dass ihm die Hälfte der Wohnung zugesprochen werden soll. Aber der Richter hat mit einem erstaunten, fast vorwurfsvollen Blick auf meinen Mann, diesen Antrag als vollkommen unbegründet abgewiesen.

So, meine Kopfschmerzen sind jetzt nicht mehr so intensiv wie bei meiner ersten Ohnmacht. Aber ich kann mich erinnern, dass sie nach ein paar Minuten wieder ganz verschwunden waren. So wird es jetzt wohl auch sein.

Ja, dann fällt mir noch ein, dass meine Schwester einmal meinte, dass wir Frauen eben das schwache Geschlecht sind und Enttäuschungen nicht so schnell verarbeiten können wie *die* Männer. Wahrscheinlich hat sie recht."

Herr Part erwidert:

„Da kann ich aber der Meinung ihrer Schwester nicht zustimmen, wenn sie meint, dass die Männer Enttäuschungen leichter wegstecken als Frauen. Ich bin der Meinung, MANCHE vielleicht!"

Herr Part legt seine Hand auf ihre Hand. Sie lässt es geschehen. Fast väterlich meint er nur zu ihr: „Darf ich Ihnen einen Rat geben?" Er schaut sie mit ernsten Blick an.

„Ja, gerne. "

„Meiner Meinung nach ist es ganz wichtig, dass Sie sehr bald einen Arzt aufsuchen. Obwohl die Symptome bei Ihnen scheinbar dieselben sind wie bei ihrer Schwester, heißt das noch lange nicht, dass die Ursache die gleiche ist. Man sollte so eine Ohnmacht, wenn sie auch nur von kurzer Dauer war, auf keinen Fall bagatellisieren, das wird Ihnen jeder Arzt bestätigen. Es ist dann sehr beruhigend zu wissen, wenn eine Untersuchung keinen Befund ergibt. Und wenn doch, dann gibt es immer eine Behandlungsmöglichkeit."

Frau Holden mit einem Seufzer und einem Blick zur Decke: „Ach diese Ärzte! Natürlich war ich nach meiner ersten Ohnmacht bei meinem Hausarzt. Er hat mir nach einer kurzen Untersuchung ein Medikament zur Stabilisierung des Kreislaufes verschrieben. Nach einem längeren Gespräch meinte er, dass Kreislaufschwankungen eine kurze Ohnmacht auslösen können. Aber sollte sich das noch einmal wiederholen, empfahl er mir einen Krankenhausaufenthalt zur genaueren Untersuchung der Ursachen."

„Genau das ist auch meine Meinung", bekräftigt Herr Part.

Herr Part in Gedanken: „Warum senkt sie bei dieser Aussage verlegen ihren Kopf und kann mir nicht in die Augen schauen? So ganz hat sie jetzt nicht die Wahrheit gesagt oder zumindest noch etwas verschwiegen, was dieser Arzt bei ihrem Besuch eventuell noch diagnostizierte."

„Aber wieso ist es für Sie so wichtig, wie es mir geht und warum wollen Sie, dass ich einen Arzt aufsuche?", will nun aber Frau Holden wissen.

Herr Part gesteht: „Weil Sie mir sehr sympathisch sind und weil ich mich sehr zu Ihnen hingezogen fühle. Vielleicht ist es auch eine Fügung des Schicksals, dass wir uns heute begegnet sind."

Frau Holden reagiert auf die Aussage von Herrn Part sehr nachdenklich. Sie schaut verlegen in ihr halb volles Wasserglas, dann hebt sie langsam ihren Kopf.

Frau Holden fühlt sich geschmeichelt: „Das, was Sie mir soeben gesagt haben, ist sehr nett, aber es ist mir zu viel auf einmal. Ich hoffe, Sie können das verstehen? Sie müssen mir Zeit lassen! Ich habe mir nach meiner Scheidung geschworen, nie mehr eine engere Verbindung mit einem Mann einzugehen. Ich will nie wieder so eine Enttäuschung erleben."

Herr Part spürt, dass sie noch weitersprechen möchte, aber sie schweigt.

So fährt Herr Part fort: „Entgegen ihrer Einstellung bin ich überzeugt davon, dass es für jede Frau und für jeden Mann den richtigen Partner gibt. Man muss nur das Glück haben, auf ihn oder auf sie zu treffen. Viele Paare glauben, wenn sie jung sind, sich verlieben und später heiraten, dass sie den richtigen Partner für das ganze Leben bereits gefunden haben. Aber es ist nicht so. Wie Sie es leider aus ihrer eigener Erfahrung erleben mussten. Aber man sollte sich selbst eine zweite Chance geben, wenn sie sich einem bietet."

Herr Part hält noch immer die Hand von Frau Holden und drückt sie leicht: „Wäre ich nur ein paar Minuten früher oder später aus meinem Büro gegangen, ich würde jetzt in einem Gastgarten sitzen und wahrscheinlich hätten wir uns nie in unserem Leben gesehen.

Frau Holden gibt Herrn Part keine Antwort.

Sie zieht ihre Hand aus seiner Hand und öffnet ihre Handtasche. Sie nimmt eine Medikamentenschachtel heraus, bricht aus dieser eine große grüne Kapsel und schiebt sie in ihren Mund. Mit einem großen Schluck Wasser spült sie die Kapsel hinunter.

Die Schachtel lässt sie ganz schnell wieder in ihrer Handtasche verschwinden.

Frau Holden leicht verlegen: „Dieses Medikament nehme ich zur Stärkung meines Kreislaufes!"

Herr Part denkt: „Das glaube ich nicht. Das war ganz bestimmt kein Medikament zur Kreislaufstärkung. Das, was Frau Holden eben eingenommen hat, war sicher ein starkes Beruhigungsmittel. Die Aufschrift auf der Verpackung, die ich nur ganz kurz sehen konnte, erinnert mich an ein Medikament, das Maria vor unserer Scheidung sehr oft einnahm. Aber ich glaube, sie hat so einige Geheimnisse, was ihre Gesundheit betrifft."

Herr Part zu Frau Holden: „Wie fühlen Sie sich jetzt, geht es Ihnen schon besser?"

„Es dauert noch ein wenig, aber das erfrischende Wasser und das Medikament werden bald ihre Wirkung zeigen. Ich danke Ihnen sehr, dass Sie mich aus dieser mehr als unangenehmen Situation gerettet haben", Frau Holden ist beruhigt.

Frau Holden schaut Herrn Part mit einem dankbaren Blick an: „Was wäre bloß gewesen, wenn Sie nicht auf meinen Rock geschaut hätten!"

Herr Part unterbricht sie: „Nicht nur!"

Frau Holden leicht errötend, äußert sich aber nicht.

Dann muss Frau Holden doch noch etwas loswerden: „Oder stellen Sie sich nur vor, ich hätte vor einem Schaufenster so einen Ohnmachtsanfall gehabt? Einige Passanten hätten vielleicht geglaubt, mir ist von den hohen Preisen schlecht geworden!"

Dann kichert sie und strahlt ihn lächelnd an.

Dann meint sie unvermittelt zu ihm: „Ihr Gesicht kommt mir übrigens bekannt vor. Als Sie mich angesprochen haben, dachte ich mir gleich, diesen Mann kenne ich. Wenn ich nur wüsste, woher? Trotzdem weiß ich, dass wir uns noch nie persönlich begegnet sind. Oder doch? Irgendwann wird es mir bestimmt wieder einfallen."

Ihre Gedanken kreisen. Niemand spricht und prüfend schaut sie ihm in die Augen, als könne sie darin etwas ablesen.

Herr Part trinkt von seinem Kaffee, dann stellt er die Tasse wieder vorsichtig auf den Tisch zurück und legt, so als wenn es ganz selbstverständlich wäre, seine Hand auf ihre. Sie schaut ihn etwas irritiert an. Er fühlt, dass sie ihre Hand wegziehen möchte, aber es ist nur ein schwacher Versuch.

Nur ergreift Frau Holden das Wort: „Ich habe jetzt sehr viel über mich gesprochen und was Sie mir soeben erzählten, hat mich wirklich sehr beeindruckt. Sie haben eine sehr angenehme und vor allem eine sehr überzeugende Stimme. Und ich habe gemerkt, dass Sie sehr viel Lebenserfahrung haben. Wollen Sie mir nicht auch von ihrem Leben erzählen?“

Er hält noch immer ihre Hand.

„Sehr gerne. Aber ich habe noch ein ganz großes Anliegen!“, entschuldigt sich Herr Part.

„Und was ist das für ein Anliegen?“

Herr Part drückt die Hand von Frau Holden etwas fester: „Macht es Ihnen etwas aus, wenn ich Sie *Ines* nenne?“

Frau Holden mit einem bezaubernden Lächeln: „Überhaupt nicht, dann sage ich aber *Peter* zu Ihnen!“

„Unbedingt, ich freue mich sehr, **Ines**! Also, ich bin 33 Jahre alt und *auch* seit einem Jahr geschieden. Ich habe einen 10 Jahre alten Sohn, der Jürgen heißt und bei seiner Mutter und ihrem neuen Lebensgefährten lebt. Wir sehen uns mindestens einmal in der Woche. Ich liebe meinen Sohn sehr, er ist der wichtigste Mensch in meinem Leben.“

Ines ist etwas blass geworden. Sie zieht spontan ihre Hand aus der Hand von Peter.

Ines: „Sie haben einen Sohn?“

Peter: „Ja, warum nicht?“

„Ich *hatte auch einmal einen Sohn*.“

Peter: „Und was ist mit ihm passiert?“

Plötzlich sehr aufgeregt und mit zitternder Stimme: „Ich möchte jetzt nicht darüber sprechen!“

Sie nimmt aus ihrer Handtasche ein Taschentuch und wischt sich die aufkommenden Tränen aus ihren Augen.

Peter: „Vielleicht möchten Sie darüber reden, wenn wir uns wiedersehen?"

Ines nickt, senkt ihren Kopf und schaut gedankenverloren in das fast leere Wasserglas.

Peter irritiert: „Soll ich Ihnen meine Geschichte weitererzählen?"

Ines, hebt ihren Kopf: „Oh ja, bitte!"

Peter: „Auch ich habe in den Monaten vor meiner Scheidung sehr viel Unangenehmes erlebt."

Ines schaut Peter interessiert an. Ihre aufkommenden Tränen sind verschwunden.

Peter: „Eines Abends kommt meine Frau, wie schon öfter in letzter Zeit, sehr spät nach Hause. Ich wollte ihr wie immer einen Kuss zur Begrüßung geben, aber sie drehte ihren Kopf abrupt zur Seite. Nach vielen Fragen, wieso und warum, gestand sie mir mit einem zynischen Lächeln, dass sie schon seit Längerem einen Freund hat und dass sie demnächst zu ihm in sein Haus ziehen wird. Sie findet bei ihm die Geborgenheit, die sie bei mir schon lange vermisst. Dann warf sie mir vor, ob ich nicht gemerkt habe, dass sie sich in letzter Zeit mir gegenüber sehr verändert hat. Natürlich habe ich es gemerkt und wie sogar. Sehr oft habe ich mich an die ersten verliebten gemeinsamen Jahre erinnert und ich habe mir so sehr oft gewünscht, dass diese schöne Zeit wiederkommt und dass Maria wieder einmal so sein wird, wie sie einmal war.

Ihr ständiges spät nach Hause kommen habe ich auf die Überbelastung in ihren Job als Managerin eines großen Hotels, das sich am Stadtrand befindet, entschuldigt. Ich habe meiner Frau bedingungslos vertraut, aber das war ein Fehler. Ich hätte öfter genauer hinterfragen sollen, wo sie sich in letzter Zeit am Abend aufhält und ob wirklich nur längere Besprechungen oder Einladungen von Geschäftsleuten der Grund für ihr spätes nach Hause kommen waren."

Ines hört Peter mit großem Interesse und sehr aufmerksam zu.

Peter: „Aber kann man eine Frau aufhalten, wenn sie sich in einen anderen Mann verliebt? Aus ihrer Sicht war ich der Schuldige, ihr Argument war, dass ich mich zu wenig um sie gekümmert habe. Aber wie sollte ich das denn? Sie war ja nie zu Hause.

Ich habe ihr ja auch nicht vorgeworfen, dass sie sich kaum um unseren gemeinsamen Sohn Jürgen kümmert und dass nur ich immer für ihn da war. Von der Schule abholen, mit ihm lernen und wenn er einmal krank war, war ich es, der ihn gesund pflegte. Zum Nachteil der Maklerfirma, deren Teilhaber ich bin. Hocherfreut war mein Partner nicht gerade, wenn er meine Termine übernehmen musste.

Meine Frau meinte, wenn sie mittags für eine Stunde nach Hause kommt, dass das dann genügt. Wenn ich ihr vorwarf, dass ich mit Jürgen viele Abende alleine zu Hause war, bekam ich nur als Antwort: ‚Ich kann mir die Zeit nicht so flexibel einteilen wie du!'

Und wenn ich einmal am Abend einen unaufschiebbaren Kundentermin hatte, gab es immer Streitgespräche. Dass bei meinem Beruf hauptsächlich der Kunde die Termine bestimmt, war ihr schon immer egal, zumindest in den letzten Jahren vor unserer Scheidung. Und genau wie Sie litt ich auch an dieser ungerechten und für mich sehr deprimierenden und ungewöhnlichen Situation.

Aber ich bemühe mich positiv in die Zukunft zu schauen. Schließlich habe ich mein Leben noch vor mir.

Seit meiner Scheidung lebe ich alleine, ohne eine feste Bindung, und wo ich arbeite, wissen Sie ja schon. Es ist egal, wann ich nach Hause komme, es wartet niemand mehr auf mich.

Aber ich genieße meine neu eingerichtete Wohnung, die sich ganz in der Nähe von meinem Büro befindet, sehr. Das Reihenhaus, in dem ich mit meiner Frau und mit meinem Sohn Jürgen viele Jahre wohnte, bewohnt jetzt meine Ex-Frau mit ihrem Lebensgefährten. Und natürlich auch mit meinem Sohn."

Ines schon wieder etwas erholt: „Die Bank, in der ich arbeite, befindet sich *auch* ganz in der Nähe von meiner Wohnung."

Und mit einem liebevollen Lächeln:

„Irgendwie fühle ich mich auch zu Ihnen hingezogen. Auch ich habe das Gefühl, als würden wir uns schon lange kennen.

Entschuldigen Sie mich bitte für einen Moment, ich muss zur Toilette."

Ines steht auf und geht mit sicheren Schritten.

Peter trinkt vom Kaffee und denkt: „Was für eine bezaubernde Frau!"

Es vergehen nur ein paar Minuten, dann kommt sie wieder zurück und setzt sich.

Peter zu sich: „Vorher hatte sie ihre Lippen nicht so grell geschminkt, aber es stört mich nicht."

Ines: „Ich habe versucht, diesen kleinen roten Fleck auf meinem Rock mit etwas warmen Wasser rauszuwaschen, aber es ist mir nicht gelungen."

Und mit einem Seufzer: „Langsam wird mir diese Situation schon mehr als unangenehm."

„Ich habe versprochen, dass ich Ihnen einen Vorschlag machen werde, wie Sie doch noch ihren Stadtbummel fortsetzen können. Voraussetzung ist, dass sie sich wieder ganz wohlfühlen."

Ines: „Ja, ich fühle mich wieder wohl!"

Peter: „Ich habe mir Folgendes gedacht. Wir gehen jetzt gemeinsam zu dem Modegeschäft, gegenüber von diesem Café. Ich gehe hinter ihnen, und zwar so, dass ihre Rückseite mit etwas Abstand zu meinem Körper verdeckt ist. Und in diesem Modegeschäft kaufen Sie sich dann einen neuen Rock. Was sagen Sie dazu?"

Ines: „Das ist ein sehr guter Vorschlag, aber er hat einen kleinen Haken."

Peter erstaunt: „Was für einen Haken? Das kann doch kein Problem sein, das kann man doch lösen."

Ines: „Eigentlich nicht, aber ich habe meine Geldbörse zu Hause liegen gelassen und darin befindet sich meine Bank Card und ohne die kann ich mir keinen Rock kaufen."

Peter: „Da sehe ich kein Problem, weil ich kann Ihnen einen Rock kaufen." Und mit einem verschmitzten Lächeln: „Weil ich habe meine Bank Card nicht vergessen."

Ines: „Das ist wirklich sehr nett von Ihnen, aber das kann ich nicht annehmen."

Peter: „Ich biete Ihnen Folgendes an. Sie kaufen sich einen neuen Rock, ich bezahle ihn und wenn wir uns wiedersehen, geben Sie mir das Geld wieder zurück. So steht einem kleinen Stadtbummel nichts mehr im Wege."

Ines: „Ja, wenn Sie das so meinen, dann bin ich damit einverstanden."

Peter ruft die Kellnerin und bezahlt die Rechnung. Er trinkt noch einen kleinen Schluck von seinem Kaffee und **Ines** trinkt den Rest Wasser aus ihrem Glas.

Beide stehen auf und verlassen das Café. Wie ausgemacht gehen sie zu dem Modegeschäft auf der gegenüberliegenden Straßenseite. Peter verdeckt mit seinem Körper in einem kurzen Abstand zu **Ines** den leicht rötlichen kleinen verwaschenen Fleck auf ihrem Rock.

Vor dem Modegeschäft bleiben sie stehen.

Peter: „Wenn es Ihnen nichts ausmacht, dann komme ich mit hinein, schon wegen dem Bezahlen."

Ines: „Ja, Peter!"

Sie betreten das Geschäft und eine Verkäuferin begrüßt sie sehr freundlich. **Ines** nennt ihren Wunsch und die Verkäuferin bittet sie in die Damenabteilung. Peter setzt sich neben einen kleinen Tisch, bedeckt mit Modezeitschriften. Zuerst dachte er, er könnte sich ein paar Kleidungsstücke in der Herrenabteilung anschauen, damit die Zeit schneller vergeht, denn er weiß, Frauen in einem Modegeschäft brauchen mitunter sehr lange. Aber er hat es sich anders überlegt. Er blättert lustlos und leicht nervös in den herumliegenden Mode Journals.

Ines kommt früher als es Peter erwartete aus der Umkleide Kabine. Sie trägt einen weiten weißen Rock.

Ines zu Peter: „Wie gefällt Ihnen dieser etwas weit geschnittene Rock?"

Peter: „Er ist sehr schön, aber ein enger Rock passt Ihnen viel besser, das habe ich bei dem Rock, den sie vorher trugen, festgestellt."

Ines: „Dann werde ich einen anderen Rock probieren."

Sie geht wieder in die Umkleidekabine zurück und kommt nach zwei Minuten wieder heraus. Dieses Mal trägt sie einen engen kurzen weißen Rock und Peter merkt sofort, dass sie in diesem Rock wesentlich attraktiver aussieht als in dem vorherigen.

Ines kokett: „Und wie gefällt Ihnen *dieser* weiße Rock?"

Peter: „Er steht Ihnen viel besser. Sie haben den richtigen Rock ausgesucht. Jetzt spricht nichts mehr gegen einen Stadtbummel."

„Haben Sie schon einmal als Mannequin gearbeitet?", wirft Peter ihr einen bewundernden Blick zu.

Ines verlegen: „Nein, aber Sie wollen mir sicher nur ein Kompliment machen?"

Beide gehen zur Kasse. Peter fragt natürlich als Gentleman nicht nach dem Preis des Rockes. Er bezahlt mit seiner Bank Card.

Die Verkäuferin bedankt sich für den Kauf und überreicht **Ines** eine Tragetasche mit der Aufschrift des Modegeschäftes, in der sich der Rock mit dem roten Fleck befindet.

Dann öffnet sie die Türe des Geschäftes: „Danke, auf Wiedersehen und besuchen Sie uns bald wieder!"

Peter denkt: „Ich möchte Ines diesen Rock schenken. Aber das sage ich ihr erst beim nächsten Wiedersehen!"

Beide bleiben vor der Auslage des Modegeschäftes stehen.

Ines: „Ich möchte mich ganz herzlich bedanken. Und ich vergesse auch nicht, was wir ausgemacht haben, ich bezahle Ihnen den Rock, sobald wir uns wiedersehen."

Peter ein wenig ironisch: „Nein, ich werde es auf keinen Fall vergessen, aber Sie schauen in diesem Rock wirklich bezaubernd aus. Er passt wunderbar zu ihrer schönen Figur. Übrigens, Sie können mir die Tasche mit dem Rock geben, ich bringe ihn gleich Morgen zur Reinigung und wenn wir uns wiedersehen, bekommen sie ihn wie neu zurück!"

Ines: „Wenn Sie sich diese Umstände machen wollen, danke schön, dann brauche ich die Tasche nicht überall herumtragen.

Das ist wirklich sehr nett von Ihnen. Ich gebe sie Ihnen, wenn wir uns verabschieden."

Peter: „Kein Problem, das mache ich sehr gerne. Ein kleines Stück können wir noch gemeinsam gehen. Sehen Sie da vorne das Haus mit den Erkern in jedem Stockwerk? Dort befindet sich mein Büro."

Ines: „Befindet sich Ihr Büro im zweiten Stock? Irgendwie habe ich das Gefühl, dass ich schon einmal in diesem Haus gewesen bin."

Peter ganz überrascht: „Sind Sie sich da ganz sicher?"

Ines sehr unsicher: „Ich fühle es, warum weiß ich nicht. Ich kann es mir auch nicht erklären. Aber ich habe in letzter Zeit schön öfter Probleme mit meinem Erinnerungsvermögen.

Bis zu diesem Haus begleite ich Sie, dann gehe ich weiter und schaue mir noch einige Auslagen mit den vielen modischen Kleidern an, die interessieren mich sehr. Aber nicht mehr lange."

Peter: „Warum nicht mehr lange, haben Sie noch etwas vor?"

Ines: „Nein, das nicht, aber langsam werde ich schon müde. Die letzten Stunden waren sehr anstrengend und vor allem sehr aufregend für mich. "Bei diesen Worten schaut sie Peter für einen Augenblick mit einem eigenartigen, in sich gekehrten Blick an, so als wenn sie sich etwas in Erinnerung rufen möchte. Sie wirkt wieder für einen Moment total abwesend.

Peter: „Ja, Sie haben recht, man sollte nichts übertreiben und schon gar nicht nach ihrer kurzen Ohnmacht.

Wie kommen Sie nach Hause ?"

Ines: „Mit der S-Bahn von Stadtmitte, ich fahre nur drei Stationen. Dann ist es nicht mehr weit bis zu meiner Wohnung. Ich habe eine Wochenkarte, die lege ich immer lose in meine Handtasche und so habe ich, als ich von zu Hause weggefahren bin, nicht gleich bemerkt, dass ich meine Geldbörse zu Hause liegen gelassen habe."

Beide bleiben vor dem Haus, in dem sich das Maklerbüro befindet, stehen.

Peter: „Bitte geben Sie mir ihre Telefonnummer? Ich möchte Sie sehr bald anrufen!"

Ines: „Die müssten Sie sich aufschreiben, denn meine Visitenkarte steckt in meiner Geldbörse."

Peter zieht seine Brieftasche aus der Innenseite seines Sakkos, nimmt einen kleinen Zettel heraus und aus einer kleinen Nebentasche einen Kugelschreiber.

Peter: „Ich bin schon beim Schreiben!"

Ines: „Sie können mich unter dieser Festnetznummer erreichen. Mein Handy habe ich fast nie eingeschaltet."

Peter erinnert sich: „Aber vor dem Geschäft, kurz bevor ich Sie ansprach, hat sie mit ihrem Handy telefoniert?"

Sie nennt ihm nach einem etwas *zu langen* Nachdenken und *wieder* mit einem in sich gekehrten, seltsamen Blick, ihre Telefonnummer. Peter schreibt sie auf den kleinen Zettel. Seine Brieftasche dient ihm als Unterlage.

Peter: „Danke !"

Dann zieht er seine Visitenkarte aus der Brieftasche und überreicht sie **Ines** mit einem „Bitte schön !"

Ines bedankt sich bei ihm höflich und legt sie in ihre hellgrüne Handtasche.

Peter legt den Zettel mit ihrer Telefonnummer, den er noch immer in der Hand hält, sorgfältig in seine Brieftasche, die er mit dem Kugelschreiber wieder in die Innentasche seines Sakkos zurückschiebt.

„Kann ich Sie jederzeit anrufen?", will Peter wissen.

Ines zögert etwas: „Am besten ist es am Abend, nach 19 Uhr!"

Zwar sieht Ines ihn an, aber sie scheint durch ihn hindurchzusehen. Peter hat das Gefühl, als nehme sie ihn gar nicht wahr. Für einen Moment wirkt sie komplett orientierungslos.

„Ich freue mich sehr, wenn wir uns wiedersehen und ich werde Sie gleich heute Abend anrufen", verspricht Peter, obwohl ihn ihr Verhalten nachdenklich stimmt.

Er drückt sie an sich und haucht ihr auf beide Wangen einen Kuss. Ihren schönen Körper kann er nur erahnen, aber ihr bezauberndes Parfüm haftet in seinen verliebten Gedanken.

Sie umklammert fest ihre Handtasche, als müsste sie etwas beschützen. In der anderen Hand hält sie noch immer die Tasche vom Modegeschäft.

„Ich könnte sie ewig so halten!", gibt Peter zu.

Ines löst sich sanft: „Ich freue mich, wenn wir uns bald wiedersehen. Und auch auf ihren Anruf heute Abend. Ich wünsche Ihnen alles Gute und vielen Dank für das, was Sie heute Nachmittag alles für mich getan haben!"

Sie wendet sich von ihm ab und geht langsam, nur ein paar Schritte.

Peter ruft ihr nach: „Und die Tasche mit ihrem Rock?"

Ines bleibt stehen: „Oh, die habe ich komplett vergessen!“

Peter geht ihr entgegen und sie übergibt ihm die Tasche vom Modehaus mit einem verlegenen Lächeln.

„Danke, dass Sie meinen Rock in die Reinigung bringen wollen, selbstverständlich werde ich auch diese Rechnung bei unserem nächsten Treffen begleichen!“

Er nimmt die Tasche: „Es ist für mich kein Problem, den Rock in die Reinigung zu bringen. Ich mache das sehr gerne und das Bezahlen hat Zeit. Wichtig ist, dass wir uns kennengelernt haben und dass wir uns bald wiedersehen!“

„So denke ich auch!“, stimmt sie ihm lächelnd zu.

Sie geht ein paar Schritte, dann bleibt sie stehen, dreht sich um und winkt ihm zu. Wahrscheinlich hat sie gespürt, dass Peter auch noch nicht gegangen ist und ihr ebenfalls zuwinkt. Dann dreht sie sich um und geht die Geschäftsstraße entlang.

Nur mit sehr langsamen Schritten geht Peter in sein Büro. In Schwarz-Weiß hängt im Vorraum ein sehr großes Bild von ihm und Bernhard Weber, seinem Partner. Am Tag der Eröffnung des gemeinsamen Maklerbüros hatten sie es mit dem Versprechen aufgehängt, immer ehrliche und aufrichtige Geschäftspartner zu sein.

Er stellt die Tasche mit dem Rock von Ines neben seinem Schreibtisch ab. Erst jetzt wird ihm so richtig bewusst, dass diese zwei Stunden mit Ines eine Wende in seinem Leben bedeuteten. Auch wenn er sich noch so sehr bemüht einen klaren Gedanken zu fassen, es gelingt ihm nur schwer. Immer wieder muss er an diese hübsche Frau mit den blonden Haaren denken, die er noch vor Kurzem in den Armen hielt.

Peter murmelt vor sich hin: „Momentan hasse ich meinen Beruf, ich könnte jetzt mit Ines zusammen sein und mit ihr einen Stadtbummel machen und danach mit ihr essen gehen. Aber nein, ich habe ja noch einen wichtigen Kundentermin."

Peter setzt sich in seinen Computersessel und nimmt den Zettel mit der Telefonnummer von Ines aus seiner Brieftasche und speichert sie in sein Handy ab. Wie ein kostbares Dokument verstaut er diesen kleinen Zettel dann wieder in seine Brieftasche.

Frau Susanne Pachner ist die gemeinsame Sekretärin der beiden Maklerbetritt das Büro von Herrn Part und bittet ihn ins Besprechungszimmer.

Soeben hat sein Geschäftspartner die beiden Kunden begrüßt, die pünktlich zum vereinbarten Termin um 15 Uhr eingetroffen sind.

Peter begrüßt die Herren Dipl.-Ing. Wieshof und Dipl. Ing. Lattenberg. Sie sind für ihn sowie für seinen Partner keine Unbekannte mehr. Schon vor einer Woche trafen sie sich zu einem gemütlichen Geschäftsessen in einem Restaurant.

Herr Weber fordert die beiden Herren auf, in der komfortablen Ledergarnitur Platz zu nehmen. Ihnen gegenüber setzen sich Herr Weber und Herr Part in die Ledersessel.

Frau Pachner fragt: „Möchten die Herren Kaffee, es ist eine besondere Spezialmischung, oder lieber doch einen Tee?"

Herr Weber schaut die beiden fragend an. Aber sie sind sich einig, dass sie erst später etwas zu sich nehmen möchten.

Frau Pachner verabschiedet sich knapp, aber freundlich: „Rufen Sie mich, wenn Sie mich brauchen!"

Wie sonst bei Männer so üblich schauen die zwei Kaufinteressenten aber nicht der hübschen Frau nach, wie es Frau Pachner zweifellos ist, sondern ihre ganze Aufmerksamkeit gilt dem Schreibtisch aus Mahagoni, einem selten schönen Möbelstück mit aufwendig verarbeiteten Intarsien.

Obwohl der Verkaufsabschluss der beiden Baugrundstücke für das Maklerunternehmen sehr wichtig ist, nicht zuletzt auch für das Image der Firma, hält sich Peter im Gespräch auffallend zurück. Er ist unkonzentriert und mit seinen Gedanken offensichtlich ganz woanders …

Nach einer Stunde interessanter Ausführungen und Argumentationen, die hauptsächlich von Herrn Weber vorgetragen wurde, sieht man beiderseits sehr zufriedene Gesichter.

Nun bietet Herr Weber ihnen erneut Kaffee an und die beiden Herren nehmen das Angebot jetzt sehr gerne an.

Herr Weber ruft nach Frau Pachner, die ins Besprechungszimmer eilt und den Auftrag von Herr Weber entgegennimmt. Vom Servierwagen schenkt sie den vier Herren den bereitstehenden Kaffee ein.

Sie weiß, dass sie weder Herrn Weber noch Herrn Part fragen muss, ob sie einen Kaffee möchten, denn die zwei sagen sowieso nie Nein, wenn sie einen Kaffee anbietet. Das weiß sie aus Erfahrung.

Frau Pachner informiert sich aber bei den Gästen: „Ich hoffe, das Aroma von diesem Kaffee sagt Ihnen zu?“

Nachdem er einen Schluck getrunken hat, meint Herr Dipl.-Ing. Lattenberg zu Frau Pachner: „Dieser Kaffee ist ausgezeichnet. Jetzt verstehe ich auch, was Sie mit Spezialmischung meinten!“

„Dem kann ich nur zustimmen!“, lobt auch der zweite Gast.

Mit einem Lächeln geht Frau Pachner hocherfreut über das Kompliment wieder zurück in ihr Büro.

Es kommt eine gemütliche, fast freundschaftliche Stimmung auf, was sich auch positiv auf einen künftigen Geschäftsabschluss auswirkt. Die Besucher sind mit dem Angebot der beiden Makler bis auf wenige Details einverstanden.

Peter bietet den beiden Herren einen Whiskey an.

Doch Herr Wieshof winkt ab: „Nein danke, den trinken wir aber gerne nächste Woche. Wir nehmen an, ein neuerlicher Besuch bei Ihnen am nächsten Dienstag zur selben Zeit passt in ihren Zeitplan. Denn wir sind der Meinung, dass dann einer schriftlichen Kaufabsicht nichts mehr im Wege steht."

„Wir freuen uns sehr auf ihren nächsten Besuch!", sagt Herr Weber.

Die vier Geschäftspartner stehen zeitgleich auf und verabschieden sich freundschaftlich mit einem kräftigen Händeschütteln.

„Ich begleite sie noch bis zur Ausgangstüre", beschließt Herr Part das Treffen.

An der offenen Bürotür von Frau Pachner bleiben die beiden Besucher kurz stehen und bedanken sich für die nette Bewirtung und besonders für den hervorragend aromatischen Kaffee.

„Sehr gerne. Ich freue mich, bei ihrem nächsten Besuch wieder diese Spezialmischung servieren zu dürfen.
Auf Wiedersehen!", entlässt Frau Pachner die beiden.

Peter steht am Ausgang: „Alles Gute und bis nächste Woche!"

Herr Wieshof ist zu Scherzen aufgelegt: „Ein Lift für uns alte Herrschaften wäre sehr angenehm!"

Herr Lattenberg brummt etwas Unverständliches vor sich hin.

Peter denkt sich: „Von wegen alten Herren! Beide sind höchstens fünfzig Jahre alt."

Aber er schließt die Tür hinter sich mit dem Wissen, das in der nächsten Woche eine hohe Provision für das gemeinsame Maklerbüro zu verbuchen sein wird. Mit diesem Gedanken geht er wieder ins Besprechungszimmer zurück. Herr Weber steht schon neben dem Schreibtisch aus Mahagoni und hält ein Glas Whiskey mit Eiswürfeln in seiner Hand und fragt Peter: „Trinkst du einen mit?"

„Sehr gerne!"

Er nimmt aus der Vitrine ein Whiskeyglas und Herr Weber schenkt ihm aus einer vollen Karaffe einen doppelten Whiskey ein. Aus dem Eisbehälter fischt er mit einer Zange noch zwei Eiswürfel.

Herr Weber ruft wieder nach Frau Pachner, die unverzüglich ins Besprechungszimmer kommt.

„Ganz wichtig, bitte groß in ihrem Kalender vormerken. Nächste Woche am Dienstag besuchen uns die Herren Wieshof und Lattenberg zur selben Zeit wieder in unserem Büro!"

„Ja, ich werde diesen wichtigen Termin fett im Kalender markieren!", versichert Frau Pachner und geht wieder in ihr Büro.

Herr Weber prostet Peter zu und beide gönnen sich einen kräftigen Schluck.

„Komm, setzen wir uns", meint Herr Weber und beide setzen sich in die bequeme Ledergarnitur. Jeder hält sein Whiskeyglas in der Hand.

Herr Weber ist erleichtert: „Ich bin sehr froh, dass die Verkaufsverhandlungen heute so positiv verlaufen sind. Wie denkst du darüber?"

„Eigentlich hatte ich zu Beginn ein ungutes Gefühl, denn erinnere dich, beim letzten Gespräch im Restaurant war Herr Wieshof über den Verkaufspreis neutral bis negativ eingestellt und Herr Lattenberg hat sich überhaupt nicht dazu geäußert. Bevor die zwei Herren gekommen sind, dachte ich, dass sie den Verkaufspreis noch herunterhandeln möchten. Dass sie jetzt mit dem ersten Angebot, das wir ihnen vor Wochen vorgelegt haben, einverstanden sind, freut und überrascht mich sehr. Das wird für uns ein großer geschäftlicher Erfolg und zugleich eine gute Werbung für unser gemeinsames Maklerbüro. Aber abwarten, noch ist nicht aller Tage Abend und nächste Woche am Dienstaggibt es hoffentlich einen Grund zum Feiern."

„Ich denke schon. Aber ich habe dich noch nie so zerstreut gesehen. Was war heute los mit dir? Du warst nicht ganz bei der Sache. Willst du mir den Grund erzählen? Du kannst mir alles sagen, wir sind nicht nur schon sehr lange Geschäftspartner, sondern auch gute Freunde, du kannst dich mir ruhig anvertrauen, entgegnet Bernhard!"

„Es ist heute etwas geschehen, was ich nie für möglich gehalten hätte", beginnt Peter.

Peter erzählt seinem Partner, wie er Ines, diese schöne blonde Unbekannte kennenlernte und was sich alles in dieser kurzen Zeit ereignete. Er erzählt vom Besuch, von ihrer kurzen Ohnmacht und vom anschließenden Besuch im Café. Vom Modehaus und vom Kauf eines weißen Rockes. Besonders merkwürdig fand er, dass sie das Haus, in dem sich das Maklerbüro befindet, schon kannte. Aber sie konnte nicht erklären, woher es ihr bekannt vorkam. Es fehlt ihr die Erinnerung.

Auch von ihrer Scheidung vor einem Jahr und dass sie einmal einen Sohn hatte, erzählt er. Auch ihre Schwester Elisabeth und deren wahrscheinliche psychische Erkrankung erwähnt er.

Bernhard runzelt die Stirn und lauscht etwas beunruhigt, aber mit zunehmendem Interesse.

„Da hat es dich aber ordentlich erwischt", meint er nur, woraufhin beide ihre Whiskeygläser mit einem großen Schluck leeren.

„Was hast du vor und was möchtest du als Nächstes tun?", hakt Bernhard nach.

„Ich kann jetzt schon kaum das Telefongespräch mit Ines heute Abend abwarten, ich habe ihr so viel zu sagen. Ich komme mir vor wie ein verliebter Schüler aus der Oberstufe. Als ich das erste Mal verliebt war, hatte ich genau dasselbe Gefühl in mir. Es ist wie damals, als ich Maria kennenlernte."

„Es ist nun schon einige Zeit vergangen, seit du von deiner Frau geschieden bist. Natürlich habe ich gemerkt, wie unglücklich du seit dieser Trennung bist.

Erinnere dich, wie oft ich dir einen schönen Abend wünschte, wenn ich nach Hause gegangen bin und du noch in deine Arbeit vertieft gewesen bist. Ich weiß, du wolltest dich ablenken und auf andere Gedanken kommen. Vielleicht kann dir diese Frau zu einem glücklichen Leben verhelfen. Ich wünsche es dir!

Wie du weißt, war ich auch vor Jahren in einer ähnlichen Situation. Auch ich habe damals die Trennung von meiner ersten Frau verkraften müssen und ich habe die Zeit vor und nach meiner Scheidung in sehr schlechter Erinnerung. Sie hat mich auch sehr viel Kraft gekostet. Mit meiner zweiten Frau Liesa in ich sehr glücklich. Allerdings macht mir ihr labiler Gesundheitszustand große Sorgen."

Peter rätselt: „Warum schaut er dann so Hilfe suchend zur Decke hoch, wenn er doch mit seiner Frau so glücklich ist und warum ist er bei meiner Erzählung vorhin so nervös geworden? Äußerst komisch. So kenne ich ihn gar nicht. Aber ich werde Bernhard schon aus reiner Höflichkeit nicht danach fragen, an welcher Krankheit seine Frau leidet."

Inzwischen ist es 17 Uhr.

Plötzlich springt Bernhard hektisch auf: „Entschuldige, ich muss noch schnell jemanden anrufen!"

Er geht in sein Büro und schließt die Tür hinter sich zu.

Peter ist in Gedanken: „Das ist aber eigenartig, warum muss er ganz plötzlich telefonieren?"

Nach ein paar Minuten kehrt Bernhard mit einem entspannten Gesichtsausdruck und mit den Worten zurück: „Schon erledigt!"

Nun betritt Frau Pachner das Besprechungszimmer und verabschiedet sich: „Auf Wiedersehen und bis morgen!"

Bernhard und Peter fast zeitgleich: „Auf Wiedersehen, bis morgen und einen schönen Abend noch!"

Bernhard meint zu Peter nachdenklich: „Ich wünsche dir für dieses wichtige Telefongespräch heute Abend alles Gute und ich hoffe, dass du von deiner zukünftigen Freundin mehr erfährst als das, was du bisher von ihr in Erfahrung bringen konntest. Ich für meinen Teil werde jetzt auch mal nach Hause gehen, es war ein sehr anstrengender Tag und ich bin schon sehr neugierig, was du mir morgen zu erzählen hast."

„Ich kann es kaum erwarten mit Ines zu telefonieren. Ich wünsche dir auch einen schönen Abend!

Bernhard verlässt das Büro, dreht sich noch einmal kurz um und ruft Peter noch zu: „Ich freue mich für dich!"

Bernhard denkt sich: „So einen glücklichen und verträumten Gesichtsausdruck habe ich bei Peter noch nie gesehen."

Peter lehnt sich zurück und hängt seinen träumerischen Gedanken nach.

„Es ist jetzt 17.15 Uhr. Ich werde nach Hause gehen und Ines Punkt 19 Uhr anrufen. Ich glaube diese Zeit ist angemessen, denn sie meinte ja, nach 19 Uhr anrufen, ist am besten.“

Peter verschließt seinen Schreibtisch. Er nimmt die Tasche mit dem Rock von Ines. Die Ausgangstüre versperrt er sehr sorgfältig.

Er hastet die paar Stufen bis zum Ausgang des Bürogebäudes mit großen Schritten herunter.

„Warum wir einen Lift haben sollten, bleibt mir schleierhaft. Obwohl, für meinen Rücken, ist es sicher nicht die beste Therapie, jeweils eine Stufe zu überspringen.“, denkt Peter laut nach.

Es sind nur 200 Meter bis zu dem Haus, in dem Peter wohnt. Seine geschmackvoll eingerichtete Wohnung ist ebenfalls im zweiten Stock. Er geht sehr schnell. Zu Hause angekommen, stellt er die Tasche mit dem Rock von Ines in der Diele ab und geht in sein Wohnzimmer und lässt sich in ein gemütliches Fauteuil fallen.

Peter denkt sich nur: „Hier bleibe ich so lange sitzen, bis es 19 Uhr ist.“

Sein Freund Manfred ruft an. Aber gedankenverloren hält Peter das Gespräch kurz und verspricht ihm für morgen einen Rückruf.

Er öffnet das Fenster und schaut auf den abendlichen Berufsverkehr. Von der nicht weit entfernten Landstraße hört er das monotone Brummen der Autos und Lastwagen und wie jeden Abend das Martinshorn der Rettungsautos, die um diese Zeit sehr oft im Einsatz sind. Das Geschehen da unten auf der Straße reißt ihn nicht wirklich aus seinen Gedanken, die nur um Ines kreisen.

Peter wird immer nervöser, er kann es kaum erwarten, Ines anzurufen.

„Soll ich wirklich bis 19 Uhr warten, vielleicht ist sie schon zu Hause und wartet nur auf meinen Anruf, immerhin ist es schon halb sieben. Ich versuche es."

Er nimmt sein Handy und wählt mit Herzklopfen ihre Nummer. Deutlich und viel zu laut hört er das Freizeichen. Nach zehnmaligem Läuten beendet er den Anruf.

Peter ermahnt sich innerlich: „Das habe ich jetzt davon, weil ich es nicht erwarten kann, aber ich versuche es in einer halben Stunde wieder.

Habe ich ihre Telefonnummer vielleicht falsch in mein Handy eingespeichert?"

Er nimmt den Zettel mit der Telefonnummer und vergleicht sie mit der Nummer auf dem Display. Sie stimmt überein, daran besteht kein Zweifel.

Er geht in die Küche, um sich eine Flasche Orangensaft aus dem Kühlschrank zu holen.

Er füllt sich davon ein Glas randvoll und trinkt das säuerliche Getränk mit ein paar hastigen Zügen leer. Die halb volle Flasche mit Orangensaft stellt er wieder in den Kühlschrank zurück und das leere Glas in die Spüle. Ins Wohnzimmer zurückgekehrt, setzt er sich wieder in den Fauteuil, der vor dem Fernseher steht.

Es sind nur noch 20 Minuten bis 19 Uhr. Peter schließt die Augen und lässt die letzten Stunden an sich vorbeiziehen. Er schaut in kurzen Zeitabständen immer wieder auf die Wanduhr.

Inzwischen ist es 19 Uhr. Er nimmt sein Handy und drückt auf Rufwiederholung. Wieder ertönt das Freizeichen. Er lässt es zehnmal läuten, aber Ines nimmt das Gespräch nicht entgegen. Es schaltet sich auch kein Anrufbeantworter ein.

Peter beendet den Anruf.

Peter ist in Gedanken: „Ines wird wahrscheinlich noch nicht zu Hause sein. Ich werde sie um 20 Uhr wieder anrufen, oder sie ruft mich vielleicht zurück. Meine Handynummer ist nun auf ihrem Telefon gespeichert. Diese eine Stunde bis 20 Uhr werde ich auch noch abwarten können. Ich schaue mir bis dahin einen Film im Fernsehen an, das bringt mich auf andere Gedanken.

Vielleicht sollte ich mich so verhalten wie andere Männer in meiner Situation und mir denken: *‚Ruft sie zurück, freut es mich und wenn nicht, dann kann man eben nichts machen.‘*

Aber ich bin eben nicht so wie andere und denke auch nicht so. Natürlich habe ich mich nach meiner Scheidung nach einer neuen Partnerin gesehnt. Nicht gleich, aber nach einiger Zeit. Wenn ich einmal die Bekanntschaft mit einer Frau gemacht habe, dann habe ich sie immer mit meiner geschiedenen Frau verglichen und keine war nur annähernd so wie sie. Ich weiß, das war falsch oder vielleicht auch nicht, aber ein gewisser Frauentyp hat sich eben in mir eingebrannt und mich nicht mehr losgelassen.

Dann habe ich vor fast sechs Stunden Ines getroffen und ich spürte sofort, das ist die Frau, die ich mir nach meiner Scheidung immer in meiner Fantasie vorgestellt habe. Aber ist sie es wirklich? Bilde ich es mir nur ein, oder ist es womöglich nur eine spontane Gefühlsregung, die bald wieder vergeht?“

Peter schaut zum Fernseher, aber die Handlung registriert er nicht. Er kann sich darauf nicht konzentrieren.

Endlich ist diese eine Stunde des *endlosen* Wartens vorbei. Es ist 20 Uhr. Peter schaltet den Fernseher ab und holt tief Luft. Er nimmt sein Handy und drückt wieder die Taste der Rufwiederholung.

So wie bei den letzten beiden Anrufen ertönt *wieder* das Freizeichen. Das Signal ist deutlich zu hören. Wieder banges Warten.

„Höre ich jetzt gleich ihre Stimme?", Peter drückt sein Handy ganz dicht an sein Ohr. *Nein,* Ines nimmt den Anruf wieder nicht entgegen.

Peter beendet den Anruf und legt das Handy neben sich. Bis 21 Uhr versucht er, noch drei Mal Ines zu erreichen, aber vergeblich. …

„Vielleicht ist Ines wieder ohnmächtig geworden und liegt im Krankenhaus? Wie ich bei offenem Fenster hören konnte, war die Rettung heute mehrmals im Einsatz."

Peter wählt spontan die Nummer des Städtischen Krankenhauses. Der Portier meldet sich und fragt Peter nach seinem Anliegen.

Peter ist nervös: „Guten Abend, Part spricht hier, würden Sie mir bitte sagen, ob heute eine Frau Ines Holden eingeliefert wurde?"

„Nein, eine Frau mit diesem Namen wurde nicht eingeliefert!", gibt der Portier knapp zurück.

Peter bedankt sich und sagt nun mehr zu sich selbst: „Ich kann nur hoffen, dass mich Ines zurückruft. Ich kann nicht mehr tun als warten."

Mittwoch

Am nächsten Morgen geht Peter um 8.30 Uhr ohne Frühstück aus dem Haus. Ines hat nicht angerufen. Mit der Tasche, in der sich ihr Rock befindet, geht er in die ihm schon längst bekannte Wäscherei. Sie ist ganz in der Nähe von dem Haus, in dem sich das Maklerbüro befindet.

Die Inhaberin der Wäscherei mustert den kleinen roten Fleck akribisch:

„Da hat aber schon jemand versucht, den Rock zu reinigen, aber wie ich sehe, ist es nur bei einem Versuch geblieben. Aber ich werde ihn schon wieder sauber bekommen. Heute ist Mittwoch. Am Freitag können Sie ihn wieder abholen“, meint sie und überreicht Peter einen Abholschein.

„Okay, dann komme ich am Freitag wieder. Noch eine Frage, können Sie feststellen, ob es sich um einen Blutfleck auf den Rock handelt?“

Die Wäschereibesitzerin ist jetzt ein wenig ungehalten: „Am Freitag kann ich es Ihnen sagen. Bis dahin müssen Sie Geduld haben!“

„Danke, auf Wiedersehen“

Er befindet sich noch im Vorraum des Maklerbüros, als Frau Pachner aus ihrem Büro schon nach draußen schaut und ihn begrüßt: „Guten Morgen Herr Part, haben Sie gut geschlafen?“

„Von wegen, ich habe schon einmal besser geschlafen!“, entgegnet er nur mit einem Seufzer.

Anstatt noch näher darauf einzugehen, fragt sie ihn nur: „Möchten Sie einen Kaffee?"

„Ja, sehr gerne!"

Peter betritt sein Büro und setzt sich in den Computersessel. Nach ein paar Minuten bringt sie ihm den Kaffee und stellt ihn vor ihm auf den Computertisch ab.

„Bitteschön!", murmelt sie und geht wieder in ihr Büro zurück.

„Danke! Ach, was ich Sie noch fragen wollte, wann kommt heute Herr Weber ins Büro?"

„Wenn Sie sich erinnern, Herr Weber ist heute Vormittag beim Notar Dr. Herzog bezüglich der Grundbucheintragung des Grundstückes von Feldberg & Söhne", klärt sie ihn auf.

„Natürlich kann ich mich erinnern, aber ich hatte es momentan vergessen!"

Peter denkt sich: „Das kommt mir sehr gelegen, dass Bernhard noch nicht da ist. Ich werde Banken, die sich außerhalb der Stadt befinden, zuerst anzurufen. Das ist eine Möglichkeit, um Ines zu finden, denn sie arbeitet ja außerhalb der Stadt in einer Bank, wie sie mir gestern erzählt hat. Und das muss mein Partner ja nicht unbedingt mitkriegen."

Peter sucht im Internet nach Bankfilialen außerhalb des Stadtzentrums. Er findet sechs Filialen von drei verschiedenen Banken.

„Wenn ich richtig kombiniere beziehungsweise davon ausgehe, dass es nur drei Stationen vom Stadtzentrum bis in die Nähe von Ines' Wohnung sind, kommen nur vier Banken infrage. Diese vier sind höchstens 300 Meter von der bereits erwähnten Haltestelle entfernt. Ines sagte mir gestern, dass es von ihrer Wohnung nur ein paar Schritte bis zur Bank sind, in der sie arbeitet und dass sie nicht weit weg von der Haltestelle entfernt wohnt. Ich werde mir jetzt Gewissheit verschaffen und bei diesen Banken anrufen."

Peter kontaktiert alle vier Banken, die in Betracht kommen. Aber er bekommt von allen die freundliche, aber bestimmte Auskunft: „Nein, eine Frau Ines Holden ist bei uns nicht beschäftigt!"

Das verunsichert Peter: „Das kann doch nicht wahr sein, da lerne ich eine wunderbare Frau kennen und dann gibt es sie anscheinend gar nicht. Geheimnisvoller geht es ja nun wirklich nicht mehr. Gestern war die Welt für mich noch in Ordnung und heute habe ich Probleme, von denen ich gar nicht wusste, dass man sie haben kann.

Aber ich habe eine Idee. Ein Schulfreund von mir ist Polizeikommissar und diesen Alex Händler werde ich jetzt mal anrufen. Wer sonst hat schon alle Möglichkeiten, mir bei der Suche nach Ines zu helfen?", gibt sich Peter nun zuversichtlich.

Nachdenklich trinkt Peter seinen Kaffee. Er behält die Tasse in der Hand, als sein Freund und Teilhaber Bernhard mit neugierig sein Büro betritt: „Hallo Peter, wie geht es dir? Ich bin schon echt gespannt, was du mir zu erzählen hast. Ich habe gestern Abend oft an dich gedacht. Aber wie ich dich so sehe, einen glücklichen Eindruck machst du nicht gerade!"

Peter stellt seine Kaffeetasse ab: „Ich habe auch keinen Grund dazu, denn ich habe mit Ines nicht telefoniert."

„Das gibt es doch nicht, ich habe fest damit gerechnet, dass du mir eine erfreulichere Nachricht mitteilst!"

Peter schildert ihm alles: „Ich habe Ines gestern Abend zu verschiedenen Zeiten angerufen, aber sie hat meine Anrufe entweder ignoriert oder nicht gehört, ich weiß es nicht. Auf jeden Fall, habe ich gestern nicht mit ihr telefoniert. Du kannst dir vorstellen, wie es mir heute geht. Ich habe dafür keine Erklärung. Es ist ein Gefühl, das ich nicht beschreiben kann. Ich stehe einer Situation, die ich noch nie erlebt habe, hilflos gegenüber. Was hältst du davon?“

„Ich bin sprachlos, da stimmt doch etwas nicht. Es muss etwas passiert sein. Vielleicht hat sie einen Unfall gehabt. Hast Du schon im Krankenhaus angerufen?“, hakt er nach.

„Ja klar. Es wurde gestern niemand mit dem Namen Ines Holden ins Krankenhaus eingeliefert.

Wie ich dir erzählt habe, arbeitet sie in einer Bank außerhalb der Stadt und selbstverständlich habe ich auch bei all den Banken angerufen, bei denen sie vielleicht beschäftigt sein könnte, aber sie ist total unbekannt, sie existiert nicht. Wüsste ich den Familiennamen von ihrer Schwester, dann hätte ich sie schon längst angerufen. Ines nannte mir nur den Vornamen ihrer Schwester: Elisabeth.“

Das Telefon von Bernhard läutet und er geht nachdenklich in sein Büro.

Peter entschließt sich bei der Polizei anzurufen.

Am Telefonhörer spricht eine Stimme zu ihm: „Was kann ich für Sie tun?“

„Part spricht hier, würden Sie mich bitte mit Herrn Kommissar Alex Händler verbinden!“, bittet Peter höflich.

„Einen Moment bitte. “

Peter muss nur kurz warten, dann meldet sich eine männliche Stimme: „Fellner.“

„Guten Tag, Part spricht hier, ich möchte mit Herrn Kommissar Händler sprechen“, meint Peter beharrlich.

„Das geht leider nicht. Mein Kollege, Kommissar Händler, kommt erst am Montag wieder vom Urlaub zurück. Kann ich etwas für Sie tun?"

Merklich enttäuscht meint Peter nur: „Nein danke, ich rufe nächste Woche wieder an, auf Wiederhören!"

Bernhard kommt noch mal in Peters Büro Und lehnt sich lässig, aber mit fragendem Blick an seinen Schreibtisch.

Peter erzählt: „Während deines Telefongespräches habe ich bei der Polizei angerufen. Ich wollte einen ehemaligen Schulfreund sprechen, er ist Kommissar bei der Polizei, aber leider befindet er sich diese Woche noch im Urlaub. Ich hoffe, dass er mir bei dieser schon etwas mysteriösen Geschichte helfen kann. Nicht nur mir, sondern bestimmt auch Ines, falls er überhaupt ermitteln kann, wo sie sich befindet. Es könnte ihr auch etwas passiert sein?

Und heute Abend werde ich Ines wieder anrufen, aber ich hoffe, es wird nicht wieder so sein wie gestern und ich kann mir wieder *nur* das Freizeichen auf meinem Handy anhören.

Vielleicht klärt sich heute Abend auch alles in Wohlgefallen auf, falls ich sie erreiche."

Bernhard meint nur: „Eine andere Möglichkeit hast du ja nicht, als es immer wieder zu versuchen. Ich wünsche dir, dass heute Abend dein Handy läutet und *deine* Ines bei dir anruft.

Übrigens, heute am frühen Vormittag war ich beim Notar Dr. Herzog. Ich habe ihm die restlichen Verkaufsunterlagen zur Grundbucheintragung von Feldberg & Söhne vorgelegt. Der Notar wird Herrn Feldberg in sein Büro einladen und die Eintragung in den nächsten Tagen im Grundbuch veranlassen. Ich bin froh darüber, dass diese Vermittlung abgeschlossen ist und wir ein gutes Geschäft gemacht haben.

Herrn Dr. Hagenbach müssen wir noch verständigen, dass die Herren Lattenberg und Wieshof dem Verkaufspreis zu neunzig Prozent zugestimmt haben und die Verträge am nächsten Dienstag in unserem Büro wahrscheinlich unterzeichnen werden. Möchtest du das übernehmen?"

„Das mache ich sehr gerne. Herr Dr. Hagenbach wird sich sehr freuen, dass nach einigen Monaten des Zögerns der beiden Herren Interessenten, endlich ein Abschluss zustande kommen wird. Ich werde ihn gleich anrufen."

Bernhard geht ins Büro von Frau Pachner und schließt vorsichtig die Tür hinter sich.

Peter macht das stutzig: „Was die zwei in letzter Zeit immer so Geheimnisvolles zu bereden und zu flüstern haben?"

Nach dem Erlebnis am Vortag ist es für Peter sehr angenehm, mit Kunden zu reden und nicht den unmöglichsten Gedanken und Fantasien nachzuhängen, die ihn seit gestern nicht mehr loslassen. Er wählt die Nummer vom Büro des Herrn Dr. Hagenbach. Die Sekretärin verbindet Peter sofort. Herr Dr. Hagenbach meldet sich gleich: „Guten Tag, verehrter Herr Part, endlich eine positive Nachricht?"

„Guten Tag, Herr Doktor Hagenbach. Ich kann Ihnen berichten, dass die gestrigen Verhandlungen mit den beiden Interessenten sehr gut verlaufen sind und dass am nächsten Dienstag der Verkauf der beiden Grundstücke höchstwahrscheinlich beschlossen wird."

„Das sind ja wirklich erfreuliche Nachrichten. Ein halbes Jahr hat es gedauert, bis die beiden Baugrundstücke einen Käufer gefunden haben, das freut mich. Ich beglückwünsche Sie zu diesem absehbaren Verkaufserfolg!"

Sie beenden das Gespräch mit dem Versprechen seitens Herrn Part, ihn am nächsten Dienstag unmittelbar nach dem Unterzeichnen der Verträge anzurufen.

Bernhard geht wieder in das Büro von Peter und informiert ihn vom soeben geführten Telefongespräch mit Herrn Dr. Hagenbach.

Peter meint nur mit einem Augenzwinkern: „Ich mache in meiner Mittagpause einen kleinen Spaziergang. Du weißt, wo ich vorbeigehen werde?"

Bernhard nickt vielsagend und verständnisvoll: „Schöne Mittagpause!"

Er äußert sich aber nicht weiter dazu, bis Frau Pachner aus ihrem Büro kommt.

„Mahlzeit, bis später!", wünscht nun auch Peter.

„Mahlzeit! Ich bleibe im Büro und trinke nur einen Kaffee, ich muss auf meine Figur achten!", seufzt Frau Pachner angestrengt.

Peter geht aus dem Haus. Er greift unbewusst in seine Sakkotasche und bemerkt, dass er sein Handy vergessen hat.

Peter ermahnt sich mit einem Schmunzeln: „Ein altes Sprichwort sagt: ‚Was man nicht im Kopf hat, hat man in den Beinen.' Aber ohne mein Handy gehe ich nicht weg, ich hole es schnell. Ich habe es sicher auf meinem Schreibtisch liegen gelassen."

Peter kehrt wieder in sein Büro zurück, nimmt sein Handy vom Schreibtisch und steckt es in seine Sakkotasche. Bevor er die Tür zum Ausgang hinter sich schließt, hört er das verhaltene Lachen von Frau Pachner aus Bernhards Büro. Peter ist überrascht und bleibt kurz stehen:

„Nie hätte ich gedacht, dass mein Freund Bernhard mit unserer gemeinsamen Sekretärin ein Verhältnis beginnt oder schon eines hat? Eine gewisse Geheimnistuerei zwischen den beiden ist mir zwar schon längst aufgefallen, aber ich dachte immer, sie verstehen sich nur gut."

Er hört noch, wie Bernhard sagt: „Schön, dass wir heute wieder einmal für uns ganz alleine sind, es gibt einiges zu erzählen!"

Die anderen Worte gehen mehr in ein leises Flüstern über. Peter hört noch Frau Pachner sagen: „Ein gemütlicher Abend in einem netten Lokal wäre auch einmal schön!"

Peter redet sich zu: „Mich geht es nichts an, sollen die beiden machen, was sie wollen!"

Er lässt die Bürotür sehr leise ins Schloss fallen und geht aus dem Haus in die Richtung, wo er gesternInes das erste Mal gesehen hat.

Auf dem Weg dorthin redet Peter sich Mut zu: „Angeblich können manche Menschen eine sehr starke Einbildungskraft entwickeln. Wenn man sich eine Person ganz konzentriert und intensiv vorstellt, dann sollte es möglich sein, dass man diese Person auch sehen kann, das habe ich irgendwo gelesen. Aber bei mir funktioniert das sicher nicht, denn dann würde Ines nun schon längst sichtbar vor dem Modegeschäft stehen. Aber sie steht nicht davor. Auch wenn ich mich noch so konzentriere, es bleibt wohl bei meinem Wunschdenken."

Peter bleibt noch kurze Zeit stehen, bevor er seinen Weg zum Restaurant fortsetzt, das er gestern schon um dieselbe Zeit besuchen wollte. Er setzt sich an einen freien Tisch im Gastgarten und bestellt sich einen kleinen Salat und ein kleines Bier. Alles klein, weil er sich schon gestern Abend zwingen musste, überhaupt etwas zu essen und heute schaut es mit seinem Appetit auch nicht wesentlich besser aus. Wichtiger ist für ihn, dass ihm der Platz im Gastgarten einen guten Ausblick auf die andere Straßenseite zu den Schaufenstern der Modegeschäfte bietet.

Der Kellner serviert das kleine Bier und den kleinen Salat.

Peter trinkt einen kleinen Schluck und stochert lustlos in seinem Salat herum. Er wünscht sich das Ines so wie gestern vor dem Schaufenster gegenüber steht oder daran vorbeischlendert.

Eine halbe Stunde träumt er so vor sich hin. Dann ruft er den Kellner, bezahlt die Rechnung und trinkt noch im Aufstehen sein restliches Bier. Den Salat lässt er fast unberührt stehen.

Er geht zu dem Modegeschäft gegenüber und sinniert so vor sich hin: „Ich bin ein Narr, das kann doch nicht sein, dass ich mich nicht in den Griff bekomme und meine Gedanken nicht mehr richtig steuern kann. Ich gehe jetzt in mein Büro, da habe ich noch einiges zu tun und in den nächsten Tagen wird sich bestimmt eine Antwort auf dieses Rätsel, das mit Ines verbunden ist, finden. Ich werde versuchen so wenig wie möglich an sie zu denken. Wenn ich meinem Schulfreund Alex am Montag diese mysteriöse Geschichte erzähle, wird er mir bestimmt mit seiner Erfahrung als Kriminalexperte helfen können."

Es ist 15 Uhr und Peter trifft wieder in sein Büro ein. Er setzt sich aber nicht hin, sondern geht gleich in das Büro von Bernhard. Die zwei leeren Kaffee Tassen, die auf dem Schreibtisch stehen, ignoriert er.

***

„Hallo Peter, komm und setz dich, erzähle!", fordert Bernhard Peter auf. Leicht ironisch klingt seine Frage: „Hast du *Jemanden* getroffen?"

Peter lässt sich in den Sessel fallen: „Leider nicht!"

„Das wäre auch sicher zu schön gewesen, aber ich wünsche dir, dass du Ines heute Abend endlich telefonisch erreichst."

„Danke, aber dieses Mal rufe ich sie nur einmal an und ich werde mich nicht so wie gestern bis spät in die Nacht mit quälenden Gedanken schlaflos in meinem Bett herumwälzen, falls ich sie wieder nicht erreiche", meint Peter entschlossen.

„Übrigens, Herr Bergstein, unser Neukunde hat angerufen. Er möchte das von uns angebotene Haus erneut besichtigen. Dieses

Mal sind auch seine Gattin und sein Sohn dabei. Wir treffen uns um 16 Uhr am Haus.

Kannst du dich erinnern? Wir haben dieses Objekt das erste Mal vor drei Wochen mit dem Verkäufer Herrn Direktor Prantner besichtigt. Er hat unser Maklerbüro besonders gelobt und uns sein vollstes Vertrauen ausgesprochen. Aus diesen Grund hat er uns auch den Auftrag erteilt, einen Käufer für sein Haus zu finden", erinnert ihn Bernhard.

„Ich kann mich sehr gut erinnern. Als du mir vom ersten Treffen mit Herrn Bergstein erzählt hast, zeigte er nicht nur großes Interesse an diesem Haus, sondern fand auch den Kaufpreis angemessen. Ich wünsche dir für dieses Vermittlungsgespräch viel Erfolg!"

Bernhard gibt zu bedenken: „Da sehe ich *fast* kein Problem, aber wie wir aus unserer langjährigen Erfahrung wissen, kann sich die Meinung eines Interessenten schnell ändern. Aber ich bin zuversichtlich.

Wir werden uns wahrscheinlich heute nicht mehr sehen, ich fahre jetzt schon los und schaue mich in diesem besagten Haus noch einmal genau um. Das Schlimmste für einen Makler ist, wenn er auf Fragen des Interessenten keine perfekte und befriedigende Antwort geben kann. Das wirkt sehr unprofessionell.

Man muss sich über jede kleinste Kleinigkeit vorab informieren und über alles, was dieses Haus betrifft, Auskunft geben können. Aber was erzähl ich dir da? Du weißt ja, wie es in unserer Branche läuft. Ich wünsche dir einen schönen Nachmittag und für den Abend, ... du weißt, ich drücke dir die Daumen!"

Und mit einem lang gezogenen „Auf Wiedersehen" in Richtung von Frau Pachners Büro zieht er die Tür hinter sich zu.

Peter geht in sein Büro und setzt sich. Er erinnert sich, dass sein Freund Manfred gestern Abend anrief und er ihm einen Rückruf versprach.

Peter hat zwei Freunde, Manfred und Michael, die auch beide bei einer Versicherung beschäftigt sind. Wie Peter haben sie flexible Arbeitszeiten.

Peter ruft Manfred kurzerhand an: „Hallo Manfred, wie ist das werte Befinden?"

„Danke, mir geht es sehr gut und wie geht es Dir?", kommt es gut gelaunt zurück.

„Das ist eine längere Geschichte."

Manfred lässt nicht locker: „Ich bin schon sehr neugierig auf diese längere Geschichte. Michael und ich würden uns sehr freuen, wenn wir drei uns wieder einmal in unserem Stammlokal treffen würden, was sagst du dazu?"

„Ich bin einverstanden. Sehr nett, dass du daran gedacht hast. Was sagst du zu morgen Abend? Ich habe euch nämlich sehr viel zu erzählen", schlägt Peter vor.

„Morgen Abend klingt gut. Ich bin schon sehr neugierig, was du uns erzählen wirst. Ich werde Michael gleich anrufen und ihn informieren. Also, dann bis morgen! Treffen wie immer um 18 Uhr! Bis dann und ich freue mich!"

„Ich freue mich ebenfalls. Bis morgen!"

Manfred unterbricht ihn: „Halt! ich habe noch etwas für dich. Du kannst dir die Adresse von dem Haus mit Grundstück, das zum Verkauf ansteht, notieren und ebenfalls den Namen des Besitzers. Ich habe dir doch schon vor einer Woche diese Information versprochen!"

„Danke, sehr nett von dir!", und damit notiert sich Peter den Namen des Besitzers und die Adresse des zum Verkauf stehenden

Hauses, „Schönen Dank und bis morgen Abend. Auf Wiedersehen!“

Peter fragt im Büro von Frau Pachner nach: „Stehen noch wichtige Termine für mich auf ihren Kalender, die ich heute noch erledigen sollte?“

„Eigentlich nicht, erst morgen ist wieder sehr viel zu tun“, beruhigt ihn Frau Pachner.

„Ich bin heute Nachmittag bei einer Hausbesichtigung und morgen komme ich wieder zur üblichen Zeit. Ich hoffe, dass sie sich im Büro nicht ohne mich langweilen?“, meint Peter scherzhaft.

Frau Pachner kann ihn beruhigen:
„Ganz und gar nicht, es ist ja nicht das erste Mal.“

„Dann bis morgen und einen schönen Tag noch!“, wünscht er im Hinausgehen.

„Ebenfalls einen schönen Tag! Ach, da hätte ich noch eine Frage, sie sind heute Mittag, nachdem sie schon außer Haus waren, noch einmal in ihr Büro zurückgegangen. Hatten Sie etwas vergessen?“, fragt sie bei ihm nach.

„Ja, mein Handy!“

„Dacht ich's mir!, sie senkt verlegen den Kopf.

Peter kann sich denken, warum: „Jetzt ist es ihr peinlich, weil sie weiß, dass ich so einiges mitbekommen habe.“

Peter holt sein Auto aus der Tiefgarage. Meistens benutzt er sein Auto nur am Wochenende, aber das zum Verkauf stehende Haus interessiert ihn sehr und er möchte es auch gleich besichtigen. Er fährt zu der Adresse, die ihm Manfred am Telefon genannt hat.

Peter denkt an Frau Pachner: „Ich habe gemerkt, dass sie mir noch etwas sagen wollte. Vielleicht hätte ich etwas länger mit ihr reden sollen?"

Als er an der angegebenen Adresse angekommen ist, ist er vom imposanten Baustil der Villa beeindruckt. Von einem Haus kann eigentlich keine Rede sein. Die Fensterläden im Erdgeschoss sind geschlossen und es sieht so aus, als wenn niemand zu Hause ist. Er macht ein paar Fotos und fährt wieder zurück in seine Garage.

Danach erledigt er noch ein paar Einkäufe und denkt ans Abendessen.

Peter muss sich eingestehen: „Seit gestern habe ich fast nichts mehr gegessen, außer Kaffee getrunken und im Gastgarten vielleicht zwei Bissen Salat."

Ich warte bis 19 Uhr und dann werde ich Ines wieder anrufen, ich kann es kaum abwarten und bin schon sehr neugierig, ob wir heute Abend telefonieren werden. Ich würde mich sehr freuen, sie endlich wenigstens *nur* wieder zu hören. Ich kann mir gar nicht vorstellen, dass sie meinen Anruf wieder nicht entgegennimmt."

Es ist 19 Uhr und Peter drückt auf die Schnellwahltaste, unter der er inzwischen Ines' Telefonnummer abgespeichert hat. Und wieder, genau wie gestern Abend, hört er nur den Rufton. Zehnmal lässt er es läuten, dann legt er auf.

Peter ist verärgert: „So, das war jetzt das letzte Mal, dass ich Ines angerufen habe. Am Montag werde ich alles, was sich am Dienstag zugetragen hat, Alex erzählen und dann sehen wir weiter. Vielleicht ruft mich Ines doch noch einmal an. Aber ich glaube nicht mehr so recht daran. Werde ich diese geheimnisvolle Frau jemals wiedersehen?"

Donnerstag

Am Vormittag sitzen sich die beiden Makler im Besprechungszimmer gegenüber.

„Wie geht es Dir?“, fragt Bernhard bei ihm nach.

„Um es kurz zu machen, ich habe mit Ines wieder nicht telefoniert “, antwortet Peter sichtlich genervt.

„Die Geschichte mit dieser Ines wird immer mysteriöser. Vielleicht kann dir am Montag dein Schulfreund, der bei der Polizei arbeitet, auch wirklich helfen. Ich wünsche es dir.

Ich kann dir beim besten Willen nichts mehr raten.

Aber ich habe eine gute Nachricht für dich. Die Familie Bergstein war bei der zweiten Hausbesichtigung sehr begeistert. Es hat keine Stunde gedauert, als Frau Bergstein mit bestimmenden Ton zu mir sagte: ‚Das Haus ist gekauft!‘ Und mit einem strengen Blick drehte sie sich dann zu ihrem Gatten: ‚Ich hoffe, du denkst auch so?‘

Das hättest du sehen sollen, Herr Bergstein druckste nur herum:

‚Ich bin ganz deiner Meinung, Schatz. Schon bei der ersten Besichtigung wusste ich, dass dieses Haus voll und ganz deinen Vorstellungen entsprechen wird!‘, Und der achtjährige Sohn der Familie setzte dann noch einen drauf: ‚Hauptsache ich habe ein großes Kinderzimmer!‘

Ich habe mich über den raschen Entschluss der Familie Bergstein sehr gefreut“, gibt Bernhard zu.

„Ich freue mich ja auch. Besonders über den problemlosen Verkauf!“, meint Peter.

„Ich werde heute noch Herrn Notar Dr. Herzog anrufen und einen Termin in seiner Kanzlei mit dem Käufer und Verkäufer vereinbaren“, sagt Bernhard voller Tatendrang.

Peter kann ihn noch bremsen: „Gestern habe ich mit einem Freund, der bei einer Versicherung beschäftigt ist, telefoniert. Er gab mir die Adresse und den Namen des Besitzers von einer Villa, die zum Verkauf ansteht. Am Nachmittag bin ich zu der angegebenen Adresse gefahren und ich war sehr erstaunt. Es ist eine besonders schöne Villa, umgeben von einem sehr gepflegten Park, genauso wie es sich der gut betuchte Käufer vorstellt. Ich habe ein paar Fotos auf dem Handy gemacht, was sagst du dazu?“

Bernhard betrachtet die Fotos: „Ein außergewöhnliches Objekt. Für so eine imposante Villa einen Käufer zu finden, wird eine echte Herausforderung.“

Peter fährt fort: „Anschließend habe ich den Besitzer, den Architekten Robert Schaller, angerufen. Seine Gattin war am Apparat:

‚Heute ist mein Gatte nicht mehr zu erreichen, erst morgen wieder!‘ antwortete sie mit einer sehr arroganten Stimme.“

Morgen werde ich wieder anrufen. Heute Abend treffe ich erst mal zwei Freunde in unserem Stammlokal. Ich habe dir schon mal von ihnen erzählt. Einer davon ist Manfred, er hat mir die Information von der Villa gesteckt. Natürlich lade ich meine Freunde heute Abend ein.“

„Ich bin ganz deiner Meinung. Immer großzügig sein, das erhält die Freundschaft. Es ist durchaus möglich, dass sich vielleicht ein gutes Geschäft wegen der Information von deinem Freund Manfred ergibt.“

Peter und Bernhard bleiben heute im Büro. Frau Pachner serviert den beiden Herren zu Mittag Sandwiches.

Einige Telefonate mit Kunden lassen den Nachmittag sehr schnell vergehen.

Peter ist in Gedanken: „Dass heute mehr zu tun ist, stimmt eigentlich nicht, wie Frau Pachner gestern meinte."

Am Abend trifft Peter seine Freunde in seinem Stammlokal.

Manfred und Michael erzählen von ihren beruflichen und privaten Ereignissen der letzten Tage und Peter erzählt sehr ausführlich vom mysteriösen Treffen mit Ines. Die zwei Freunde geben jede Menge Ratschläge, aber eine Lösung für das Problem von Peter hat keiner von beiden.

„Da bin ich aber gespannt, was bei dieser Geschichte noch herauskommt", meint Michael interessiert.

„Ich auch!", stöhnt Peter und dreht sich zu Manfred: „Danke, dass du mir die Adresse des zum Verkauf stehenden Hauses und den Namen des Besitzers gesagt hast!"

„Kein Problem, mache ich gerne!"

Dann schaltet sich Michael ein: „Was ist mit dem Verkauf des Bauernhofes geworden, der ursprünglich versteigert werden sollte?"

„Die Erbschaftstreitereien ziehen sich in die Länge. Mein Partner und ich haben die Käufersuche auf Eis gelegt. Aber wir bleiben dran. Ich freue mich, dass ich so gute Freunde habe und es ist mir eine große Freude euch heute Abend einzuladen."

Manfred und Michael nehmen diese Einladung gerne an und es wird ein geselliger und lustiger Abend.

Peter denkt sich: „Sollte mich Ines jetzt anrufen, würde ich es ganz bestimmt hören, denn ich habe mein Handy für ankommende Anrufe auf ganz laut eingestellt."

Freitag

Es ist 8 Uhr morgens und Peter ist auf dem Weg ins Büro. Der kurze Fußweg tut ihm heute besonders gut, denn die hämmernden Kopfschmerzen als Folge des reichlichen Alkoholkonsums gestern Abend werden an der frischen Luft erträglicher.

Peter freut sich: „Frau Pachner wird mir sicher einen starken Kaffee zubereiten, dann wird es mir bestimmt wieder besser gehen. Aber vorher hole ich noch den Rock von Ines aus der Reinigung."

Peter betritt die Wäscherei. Er grüßt, obwohl er niemanden sehen kann. Die Inhaberin kommt in den Geschäftsraum.

„Guten Morgen, bitte sehr!", begrüßt ihn die Chefin und Peter gibt ihr den Abholcoupon.

Die Inhaberin schaut mit hochgezogenen Augenbrauen darauf: „Es war gar nicht so einfach, den Rock sauber zu bekommen. Es war aber kein Blut, wie Sie vermutet hatten."

„Was war es denn dann?", äußert sich Peter überrascht.

Die Inhaberin klärt ihn auf: „Nachdem wir auch eine chemische Reinigung sind, war es für mich kein Problem die Zusammensetzung dieses winzigen roten Farbstoffes auf dem Rock festzustellen. Es war ein kleiner Rückstand von einem roten Nagellack!"

Peter kann es kaum glauben:

„Unglaublich und ich dachte, es wäre ein Blutfleck!"

Er bezahlt für die Reinigung, und die Inhaberin übergibt ihm eine Tragetasche, in der sich der gereinigte Rock von Ines befindet.

„Danke, auf Wieder sehen!", verabschiedet er sich und verlässt frustriert das Geschäft.

Er bleibt vor dem Geschäft stehen:

„Ich bin sprachlos. Ich habe geglaubt, auf den Rock von Ines war ein winziger Blutfleck und dann stellt sich heraus, dass es ein kleiner roter Nagellacktropfen war.

Vielleicht hätte ich Ines gar nicht angesprochen, wenn ich das gewusst hätte. Aber ich konnte das ja nicht wissen.

Aber mein Leben wäre in den letzten Tagen sicher ruhiger verlaufen. Aber so denke ich jetzt. Am Dienstag dachte ich noch anders.

Dieser ganz kleine rote Fleck auf dem Rock dieser bildschönen Frau war schließlich unter anderem ein Grund dafür, dass ich sie überhaupt angesprochen habe."

In Gedanken versunken geht Peter in sein Büro.

Frau Pachner empfängt Peter mit den Worten: „Guten Morgen, wieder so schlecht geschlafen?"

Peter atmet laut aus: „Ja, genauso schlecht wie von Dienstag auf Mittwoch. Würden Sie mir bitte einen starken Kaffee machen?" und stellt die Tasche mit den Rock von Ines neben den Computertisch.

Frau Pachner nestelt nervös an ihrem Hals, obwohl sie ihn gerne nach dem Grund fragen möchte„ tut sie es nicht, sondern antwortet nur: „Ich bringe Ihnen den Kaffee in ein paar Minuten!"

Peter setzt sich in den Fauteuil und versucht, seine Gedanken in eine andere Richtung zu lenken: „Vor einem Jahr hat Frau Pachner hier im Maklerbüro als Sekretärin angefangen zu arbeiten. In den ersten paar Monaten redeten wir über viele Themen, auch über ihre privaten Probleme. Seit sie sich von ihrem Partner getrennt hat, lebt sie alleine. Bernhard meinte öfter im Vertrauen zu mir: ‚Die wäre die richtige Frau für dich!'

Ja, sie ist nicht nur sehr hübsch, sie ist auch sehr sympathisch, aber vom Typ her ist sie nicht *die* Frau für mich. Ich konnte mich nicht von meiner geschiedenen Frau gedanklich losreißen und so verhielt ich mich Frau Pachner gegenüber immer sehr höflich, aber reserviert. Obwohl ich natürlich sehr deutlich spürte, dass ich ihr nicht gleichgültig war.

Bernhard zeigte damals kein privates Interesse an Frau Pachner, denn er ist ja mit seiner Liesa sooooooo glücklich verheiratet.

Aber die Zeiten ändern sich, wie ich dem Geflüster der beiden am Mittwoch in der Mittagspause entnehmen konnte."

Frau Pachner betritt das Büro von Peter: „Bitteschön, den Kaffee habe ich Ihnen heute besonders stark gemacht!

Herr Weber hat vor fünf Minuten angerufen. Er ist leicht erkältet und bleibt heute zu Hause. Er geht aber noch zu seinem Hausarzt. Ich soll Ihnen schöne Grüße ausrichten!"

„Danke, hoffentlich wird es keine Sommergrippe und passen Sie auf, dass Sie sich nicht auch noch erkälten!", meint Peter mit mit ironischem Unterton.

Frau Pachner antwortet kokett: „Ich passe schon auf mich auf, keine Sorge!" und geht wieder in ihr Büro zurück.

Peter trinkt von seinem Kaffee und erinnert sich, dass er den Architekten Schaller anrufen wollte. Zuerst ein endlos langes Läuten und dann ist wieder nur Frau Schaller zu hören: „Ja!"

„Guten Tag, Frau Schaller, Part spricht hier, ist ihr Gatte heute zu sprechen?", fragt Peter knapp.

„Nein, mein Mann ist erst wieder am Montag zu sprechen“, sie beendet das Gespräch, ohne sich in irgendeiner Form zu verabschieden.

Peter geht ins Büro von Frau Pachner und hat nun das Bedürfnis zu plaudern: „Mir geht es auch nicht besonders gut. Es ist keine Erkältung, sondern etwas anderes. Ich habe mich gestern Abend mit zwei Freunden in unserer Stammkneipe getroffen und Sie wissen ja, solche Treffen dauern immer länger ... Ich fühle mich überhaupt nicht wohl und ich glaube, es ist besser, wenn ich wieder nach Hause gehe.“

Frau Pachner nickt verständnisvoll: „Wichtig ist, dass Sie am Montag wieder fit sind. Ich wünsche Ihnen erst mal, dass Sie sich gut erholen!“

„Danke, morgen habe ich für einen ganzen Tag meinen Sohn, das ist für mich immer ein besonderes Ereignis und da möchte ich nicht solche Kopfschmerzen haben wie heute.“

„Ich freue mich für Sie. Sie haben schon so oft von ihrem Sohn erzählt und auch, dass Ihnen ein ganz normales Familienleben sehr viel bedeuten würde. Aber das Schicksal hat es eben anders gewollt!“, tröstet ihn Frau Pachner.

„Ja, das stimmt. Alles Gute, schönes Wochenende und bis Montag!“

„Ebenfalls ein schönes Wochenende und baldige Besserung!“, wünscht ihm noch Frau Pachner, als er das Haus verlässt.

Es ist 13 Uhr und Peter liegt mit einem feuchten, kühlenden Tuch auf der Stirn auf seiner Couch im Wohnzimmer.

Plötzlich klingelt das Handy. Den ansonsten normalen Klingelton empfindet Peter heute als schrilles Geräusch. Er nimmt das Handy, hält es aber mit etwas Abstand an sein Ohr: „Part!“

Frau Pachner ist am anderen Ende: „Herr Part, ich wollte Sie nicht stören, aber ich glaube, es ist wichtig."

„Dann schießen Sie mal los!", Peter kann seinen Unmut nur schwer unterdrücken.

„Eine Frau Holden hat soeben angerufen und wollte Sie sprechen!"

„Und was hat sie gesagt?"

„Nur, dass sie sie sprechen möchte", gab Frau Pachner ihm wahrheitsgemäß weiter.

„Und was haben Sie gesagt?", Peter wartet kaum ab, bis sie ausgesprochen hat.

„Dass Sie nach Hause gegangen sind und erst am Montag wieder ins Büro kommen und ob ich Ihnen etwas ausrichten soll oder ob sie ihre Telefonnummer möchte."

Peter mit aufgeregter Stimme: „Und was sagte sie, haben Sie ihr meine Telefon Nummer gegeben?"

Frau Pachner muss ihn enttäuschen: „Nein, sie sagte nur: *Dankeschön*! Und dann hörte ich nur noch das Freizeichen. Die Nummer, von wo Frau Holden anrief, konnte ich leider nicht ermitteln. Auf dem Display stand nur *unbekannter Anrufer.* Aber diese Stimme habe ich schon einmal gehört, ich weiß nur nicht, in welchen Zusammenhang."

Noch immer im Stehen schießt es aus Peter heraus: „Frau Pachner, und wie hat diese Stimme geklungen, war sie nervös, leise oder laut?"

„Die Stimme von Frau Holden war sehr leise und sie klang etwas traurig. Soviel kann ich sagen."

„Danke, sollte Frau Holden noch einmal anrufen, geben Sie ihr bitte meine Handynummer. Vielleicht können Sie das Gespräch etwas in die Länge ziehen und hinterfragen, wo sie sich befindet!“, bittet Peter sie inständig.

„Das mache ich gerne! Bernhard, Verzeihung, Herr Weber hat mir von ihrem mysteriösen Treffen mit dieser Frau am Dienstag erzählt. Ein bisschen bin ich also informiert. Ich wünsche Ihnen noch einmal ein schönes Wochenende!“

„Danke, das wünsche ich Ihnen auch!“, Peter muss sich bei diesen Worten setzen. Sein Kopf hämmert und die Kopfschmerzen sind seit dem Anruf von Frau Pachner noch stärker geworden.

Peter redet sich gut zu: „Es kann ja nur so sein, dass Ines meine Visitenkarte verloren hat, aber wieso weiß sie dann die Nummer von meinem Büro? Naja, diese Nummer ist ja sehr leicht zu ermitteln, die steht im Telefonbuch und meinen Namen hat sie sich sicher gemerkt. Aber ich habe sie schon ein paar Mal angerufen und meine Nummer müsste doch auf ihrem Display stehen? Merkwürdig. Dann rufe ich sie eben an!“

Peter nimmt sein Handy und drückt die gespeicherte Telefonnummer von Ines. Er hört wieder mal das Freizeichen, aber so wie auch am Dienstag und Mittwoch nimmt Ines nicht ab. Peter legt sich, enttäuscht, wieder zurück auf die Couch.

Am Nachmittag tippt Peter, so wie jeden Freitag, die beruflichen Ereignisse der Woche in Kurzform in seinen Computer. Das Treffen mit Ines, seine vergeblichen Anrufe und ihren Anruf heute Mittag im Büro beschreibt er allerdings sehr ausführlich.

Er denkt über das morgige Treffen mit seinem Sohn nach und was sie alles unternehmen werden. Am Abend will er seiner Ex-Frau Maria eine SMS an schreiben, wann er Jürgen morgen abholen möchte.

Samstag

Es ist 12.30 Uhr. Für Peter ist dieser Tag immer sehr aufregend. Er kann seinen Sohn, so oft er möchte, sehen und mit ihm ein paar schöne Stunden verbringen, das wurde bei der Scheidung so vereinbart. Aber er muss immer einen Tag vorher seiner Ex-Frau eine SMS schreiben, wann genau er Jürgen abholen möchte. Als Rückantwort bekommt er immer ein „Ja", so wie auch gestern Abend. Ein „Nein" hat es bisher noch nicht gegeben.

Peter kommt immer sehr pünktlich zur vereinbarten Zeit. Sein Sohn steht diesmal bereits vor der Haustür, weil der Lebensgefährte von Maria extrem eifersüchtig ist und er Maria jeglichen persönlichen Kontakt mit ihrem Ex-Mann verboten hat.

Maria hat ihm dies kurz vor der Scheidung gesagt und stolz davon erzählt, dass sie bald mit Jürgen ins Haus ihres Lebensgefährten einziehen wird und dass nur noch ein paar Renovierungsarbeiten vorzunehmen sind.

Peter hat diesen Mann nur einmal, unmittelbar nach der Scheidung gesehen, aber er weiß, dass er Oskar Malink heißt.

Nach dem Urteil – Maria wurde natürlich durch ihre zugegebene Verfehlung in der Ehe schuldig geschieden – gingen Maria und Peter mit ihren Anwälten aus dem Gerichtssaal.

Peter wollte noch mit ihr reden, aber sie ignorierte ihn. Dann zischte sie ihn zum Schluss nur an: „Lass mich mein Leben leben!"

Und ohne sich zu verabschieden, ging sie schnell, fast im Laufschritt aus dem Gerichtsgebäude, ohne noch einmal zurückzublicken. Ein Mann, den er auf circa 35 Jahre schätzte, mittelgroß, korpulent, stieg aus einem dunkelblauen PKW, älteres Baujahr, mit Dachträger. Er breitete die Arme aus und Peter musste mit ansehen, wie seine Ex-Frau diesen ihm fremden Mann in die Arme fiel.

Dann stiegen beide in dieses Auto und fuhren mit hoher Geschwindigkeit stadtauswärts. Peter konnte sich denken, wohin sie fuhren, in das Reihenhaus, das er mit seiner Frau und seinem Sohn bis zur Scheidung bewohnte.

Peter begnügte sich mit der Stadtwohnung, die sich ebenfalls in seinem Besitz befindet.

Peter parkt vor dem Reihenhaus. Er steigt nicht aus. Sein Sohn Jürgen kommt freudestrahlend auf ihn zu und steigt in den PKW seines Vaters ein.

Wie immer umarmen sich Vater und Sohn, voll der Wiedersehensfreude.

Peter sieht aus einem Augenwinkel, dass sie aus einem der geschlossenen Fenster beobachtet werden. Von wem, kann er nicht erkennen. Er sieht nur einen Schatten.

Peter hat zwei Eintrittskarten für das Fußballspiel besorgt, das um 13.30 Uhr im Stadion beginnt. Während des Spiels kann Peter Jürgen gut beobachten. Er geht so richtig aus sich heraus und Peter merkt, dass er den für ihn nicht gerade glücklichen Alltag wenigstens für kurze Zeit vergisst. Nach dem Fußballspiel gehen Peter und Jürgen in das Restaurant neben dem Stadion.

Jürgen kommentiert mit Begeisterung den Sieg der Heimmannschaft. Und von den Nebentischen hörte man die lautstarken Diskussionen der Fans.

Peter bestellt zwei halbe Brathähnchen mit Pommes frites und für jeden eine Cola.

Später reden Vater und Sohn hauptsächlich von der Schule. Jürgen war immer ein sehr guter Schüler gewesen und Maria und Peter waren immer stolz auf seine Lernerfolge.

Um 17 Uhr bringt Peter seinen Sohn wieder zum Reihenhaus zurück.

Ein liebevolles Verabschieden zwischen Vater und Sohn und dann verschwindet Jürgen auch schon in die schon halb offene Eingangstür.

Peter schaut noch einmal zu den geschlossenen Fenstern. Wieder hat er den Eindruck, dass er aus einem der Fenster beobachtet wird.

„Diese Situation wird mir langsam, aber sicher unerträglich. Einerseits die Trennung von meiner Frau, die sich wahrscheinlich hinter einem Vorhang versteckt und mich beobachtet und andererseits das sehr mysteriöse Treffen mit Ines am Dienstag und ihr unbegreifliches Verhalten", grübelt Peter, als er wieder nach Hause fährt. Außer Fernsehen und die Hoffnung, dass ihn Ines vielleicht anruft, zeigt er für nichts mehr Interesse.

Sonntag

Peter hat lange geschlafen. Er überlegt, ob er bei diesem schönen Wetter eine Radtour unternehmen soll. Aber alleine hat er keine Lust.

Nach einem deftigen Frühstück braucht er kein Mittagessen mehr. So denkt er. Immer etwas kochen und dann alleine am Tisch zu sitzen, verschlimmert nur seine depressive Stimmung. Und in ein Gasthaus gehen, daran kann er sich zurzeit auch nicht erfreuen.

Am Nachmittag macht er in der fast menschenleeren Innenstadt einen kleinen Spaziergang. Natürlich geht er auch am Modegeschäft vorbei, an dem er Ines am Dienstag getroffen hat.

„Ich freue mich schon sehr auf das Gespräch mit meinem Schulfreund Alex. Wer sonst als ein hochrangiger Polizist mit viel Erfahrung könnte sich auf diese mir unbegreifliche Situation einen Reim machen und für mich eine Lösung finden?“

Am späten Nachmittag geht er wieder nach Hause. Ein kleiner Snack als Abendessen genügt ihm.

Natürlich hat er wieder auf einen Anruf von **Ines** gewartet, aber wie schon so oft in den letzten Tagen … vergeblich.

Montag

Um 9 Uhr befindet sich Peter wieder in seinem Büro. Frau Pachner serviert ihm einen Kaffee und wie immer an einem Montag wird über das vergangene Wochenende geplaudert.

Peter will beiläufig klingen, was ihm nicht gelingt: „Bezüglich des Anrufes am Freitag. Konnten Sie sich erinnern, wo Sie die Stimme von dieser Frau Holden schon einmal gehört haben?“

„Leider nicht, obwohl ich sehr oft darüber nachdenke, aber es fällt mir nicht ein.“

In Gedanken ist Peter schon bei Alex, seinem Freund bei der Polizei, den er gleich anrufen will.

Frau Pachner versichert ihm aber: „Sobald ich mich erinnere, sage ich es Ihnen sofort.

Wie gewöhnlich kommt Herr Weber am Montag immer etwas später ins Büro. Hoffentlich ist er nicht ernsthaft krank, aber dann hätte er sicher schon angerufen?“

„Das hätte er!“, erwidert Peter leicht nervös.

Frau Pachner geht wieder in ihr Büro: „Ja, das stimmt!“

Peter, nun alleine, wählt voller Ungeduld die Nummer von der Polizei.

Er lässt sich direkt ins Büro von Alex durchstellen. Wie schon am Mittwoch meldet sich wieder Herr Fellner.

„Guten Tag Herr Fellner, würden Sie mich bitte mit Herrn Kommissar Händler verbinden!“, wiederholt sich Peter.

„Einen Augenblick, bitte!“

Und schon meldet sich Alex: „Händler, guten Tag!“

Peter ist erleichert: „Hallo Alex, Peter Part spricht hier, wie geht es dir?“

„Sehr gut, wie immer nach einem schönen Urlaub, gut erholt und voller Tatendrang. Und wie geht es deinem werten Befinden?“, meint Alex.

„Ich habe ein Problem und ich bin überzeugt, dass du mir helfen kannst“, gibt sich Peter entschlossen.

„Für alte Freunde bemühe ich mich besonders. Aber nicht am Telefon. Wie schaut es mit deinen Terminen aus?“, fragt Alex.

„Wenn es dir möglich ist, dann komme ich gleich. Von meinem Büro ist es nicht weit bis zur Polizeidirektion.“

„Ist in Ordnung, ich erwarte dich!“, sagt Alex erfreut.

Peter geht in das Büro von Frau Pachner: „Ich habe einen dringenden Termin, ich komme ungefähr in einer Stunde wieder!“

Frau Pachner informiert ihn noch im Hinausgehen: „Ich glaube, Herr Weber wird dann auch schon da sein. Er hat soeben angerufen. Er hat mir mitgeteilt, dass er schon auf dem Weg ins Büro ist!“

Peter geht zu Fuß zur Polizeidirektion. Ein freundlicher Polizist steht am Eingang. Auf die Frage nach dem Büro von Kommissar Händler antwortet der Polizist ihm korrekt: „3. Stock, erste Tür rechts!“

Peter fährt nicht mit dem Lift. Im dritten Stock angelangt, steht er vor der Tür von Kommissar Händler. Er klopft etwas zaghaft.

Die kräftige Stimme von Alex ertönt dahinter: „Herein!“ Peter betritt das Büro von Kommissar Händler.

Der sehr sportlich wirkende Kommissar kommt auf ihn mit offenen Armen zu. Sie begrüßen sich mit einem freundschaftlichen Händeschütteln und Schulterklopfen.

Alex bietet Peter einen Platz neben seinem Schreibtisch an. Sie unterhalten sich über alte Zeiten und besonders über die gemeinsame Schulzeit. Alex erzählt auch von seiner Gattin und seinen beiden Söhnen.

Peter erzählt auch voller Stolz von seinem Sohn.

Weniger glücklich berichtet er über seine Scheidung vor einem Jahr und auch vom Verursacher der Scheidung, Oskar Malink.

Als Alex den Namen Malink hört, runzelt er leicht die Stirn, äußert sich aber nicht weiter dazu.

Alex wirkt aber nun beharrlich: „So, aber jetzt erzähle mir von deinem Problem, ich bin schon ganz neugierig!“

Peter berichtet ausführlich über das Kennenlernen mit Ines.

Von der Telefonnummer, die sie ihm gegeben hat, und von seinen vergeblichen Anrufversuchen.

Auch von seinem Anruf im Krankenhaus und von den Banken, die er anrief, bei denen Ines möglicherweise beschäftigt sein könnte.

Von der Wäscherei, die nach der chemischen Reinigung ihres Rockes keine Blutspur, sondern einen kleinen Rückstand von einem roten Nagellack festgestellt hat.

„Hast du überprüft, wem diese Nummer zugeordnet ist, die dir diese Frau Holden gegeben hat?“, fragt Alex nach.

Peter gibt ehrlich zu: „Nein, warum sollte ich? Ich bin nicht einmal auf die Idee gekommen, daran zu zweifeln, dass diese Nummer nicht die Telefonnummer von Ines ist. Warum sollte ich?“

„Und diese Nummer hast du immer abends angerufen?“, bohrt er weiter.

„Ja, das wollte sie so. Nur einmal habe ich diese Nummer am Freitag mittags gegen ein Uhr angerufen, nachdem mich meine Sekretärin anrief und mir mitteilte, dass soeben eine Frau Holden mich im Büro angerufen hat.“

Kommissar Händler schlägt vor: „Ich werde jetzt diese Nummer von meinem Telefon anrufen und auf Lautsprecher stellen. Vielleicht erleben wir gleich eine Überraschung.“

Peter nennt ihm die Telefonnummer, die ihm Ines gab, und Kommissar Händler wählt diese Nummer. Sehr laut hört man das Freizeichen aus dem Lautsprecher ertönen und dann meldet sich eine Frauenstimme.

„Friseursalon Christine am Lerchenweg 2, guten Tag!“

„Guten Tag, hier spricht Kommissar Händler, entschuldigen Sie die Frage, aber ist bei Ihnen eine Frau Ines Holden beschäftigt?“

Am anderen Ende: „Nein, ich führe mein Geschäft alleine, ich beschäftige keine Mitarbeiter!“

Kommissar Händler hakt nach: „Ist Ihnen vielleicht eine Kundin mit diesen Namen bekannt?“

„Nein, diesen Namen habe ich noch nie gehört, er ist mir vollkommen unbekannt!“

„Danke und entschuldigen Sie die Störung!“, beendet Alex das Verhör.

„Bitteschön!", antwortet Frau Christine etwas spitz.

„Na, was sagst du jetzt?", Alex dreht sich zu Peter.

Peter ist sprachlos, stammelt aber: „Ich verstehe das nicht, das kann doch nicht sein. Warum gibt mir Ines eine falsche Telefonnummer, das ergibt doch keinen Sinn!"

„Für sie vielleicht schon. Eines ist klar, diese Frau Holden hat etwas zu verbergen. Ich nehme an, dass sie auch gar nicht Ines Holden heißt. Sie hat sich diesen Namen sicher nur ausgedacht. Und diese Telefonnummer hat sie dir gegeben, weil sie weiß, dass dieser Friseursalon Christine von Montag bis Donnerstag bis 18 Uhr und am Freitag bis 12 Uhr geöffnet ist. Hier am Firmenlogo kann ich die genauen Geschäftszeiten dieses Friseursalons ablesen.

Diese falsche Auskunft war von dieser Dame beabsichtigt. Folglich, sie wollte gar nicht, dass du sie am Telefon erreichst.

Diese Frau Holden weiß genau, dass sich bei einem Anruf nach Geschäftsschluss kein Anrufbeantworter einschaltet.

Wenn ein Kunde einen Termin in diesem Friseursalon vereinbaren möchte und es ist schon nach 18 Uhr oder am Freitag nach 12 Uhr, dann hört er auch *nur* das Freizeichen, aber er weiß im Unterschied zu dir, wen er anruft.

Wenn du nur einmal *während der Geschäftszeiten,* so wie ich jetzt, diese Nummer angerufen hättest, wüsstest du schon seit fast einer Woche, dass mit dieser Frau Ines Holden irgendetwas nicht stimmt.

Allerdings gibt es auch einen Beweis, dass du ihr etwas bedeutest, sonst hätte sie dich am Freitag nicht im Büro angerufen!"

Peter ist nun mehr als bedrückt: „Im festen Glauben, dass ich Ines anrufe, habe ich also sehr oft einen Friseursalon angerufen. Ich fasse es nicht. Und was soll ich jetzt machen?"

Kommissar Händler lächelt milde: „Ich werde mich besonders um *deinen Fall* kümmern und in den nächsten Tagen hörst du von mir. Gib mir deine Telefonnummer!"

Gert gibt Alex seine Visitenkarte.

Alex klopft ihm auf die Schulter: „Lass den Kopf nicht hängen, meine Kollegen und ich haben schon schwierigere Fälle gelöst!"

Peter bedankt sich zum Abschied bei seinem Freund. Dann verlässt er das Präsidium. Verwirrt und tief in Gedanken versunken, kehrt er wieder in sein Büro zurück.

Um 11 Uhr ist Peter wieder in seinem Büro eingetroffen, um einige geschäftliche Telefongespräche zu führen. Durch die halb offene Bürotür sieht er seinen Freund und Partner Bernhard ebenfalls telefonieren. Begrüßen konnten sie sich noch nicht, weil Bernhard da schon am Telefon hing. Nach ein paar Minuten betritt Bernhard das Büro von Peter. Gut gelaunt und von Krankheit keine Spur mehr. Er setzt sich zu Peter, denn er hat viel zu berichten: „Ich habe soeben, nur um mich zu vergewissern, mit Herrn Wieshof telefoniert. Morgen um 15 Uhr kommt er mit seinem Partner Herrn Lattenberg wie vereinbart, um die Kaufabsicht zu bestätigen.

Aus diesen Anlass lade ich dich morgen Abend zu einem opulenten Essen bei mir zu Hause ein. Was hältst du davon? Meine Frau und ich würden uns sehr freuen, mit dir einen netten Abend zu verbringen."

„Danke für die Einladung, ich komme sehr gerne. Ich freue mich, deine Frau auch endlich einmal persönlich kennenzulernen", willigt Peter voll Vorfreude ein.

„Schön, dass du meine Einladung annimmst. Jetzt habe ich etwas Zeit und ich werde Frau Pachner am Vormittag behilflich sein, einige Unterlagen für den morgigen Besuch von Lattenberg und Wieshof vorzubereiten.

Ich hoffe, du bist mir nicht böse, aber auf deinem Terminkalender habe ich gesehen, dass du heute um 12.30 Uhr ein Arzttermin vorgemerkt hast. Ich hoffe, du hast keine ernsten gesundheitlichen Probleme?", fragt Bernhard besorgt.

„Eigentlich nicht, aber du weißt doch von meinen immer wiederkehrenden sehr schmerzhaften Bandscheibenproblemen.

Frau Dr. med. Marek Andrea hat mir mit ihrer Behandlung aber noch immer geholfen. Und so wird es auch dieses Mal sein."

„Dann wünsche ich dir alles Gute für den Arztbesuch!", meint Bernhard.

Peter informiert ihn noch: „Danke!

Diesen Architekten Schaller, den Besitzer der Villa, die ich vorige Woche besichtigt habe, versuche ich, wieder zu erreichen. Vielleicht ist diesmal *er* am Telefon und nicht seine unfreundliche Gattin."

Nachdem Bernhard aus seinem Büro gegangen ist, wählt Peter die Nummer des Architekten, aber es meldet sich niemand.

Peter ist jetzt leicht verärgert: „Obwohl mir Frau Schaller am Freitag die Auskunft gegeben hat, dass ihr Gatte am Montag wieder da ist, trifft dies anscheinend doch nicht zu."

Peter geht mit der schlechten Neuigkeit ins Büro von Bernhard: „Nachdem ich den Architekten Schaller wieder nicht erreichen konnte, fahre ich am Nachmittag noch einmal zu seiner Villa. Es könnte sein, dass ich ihn dort antreffe. Wie ich mich selbst bei meiner letzten Besichtigung überzeugen konnte, ist diese Villa in einem sehr guten Zustand und ich glaube, dass die Familie Schaller auch darin wohnt?

Manfred, mein Freund von der Versicherung, hat mir am Donnerstag erzählt, dass der Architekt auch eine Stadtwohnung mit einem sehr modern eingerichteten Büro besitzt. Vielleicht bewohnt er beides? Wenn ich ihn heute wieder nicht erreiche, dann rufe ich ihn in diesem Büro an. Das hätte ich schon längst tun sollen!"

Bernhard unterstützt ihn in seinem Vorhaben: „Du hast recht, es kann ja kein Problem sein, einen bekannten Architekten zu erreichen. Aber es schadet auf keinen Fall, wenn du noch einmal zu seiner Villa hinfährst. Vielleicht triffst du ihn an?

Alles Gute noch einmal für den Arztbesuch und ich nehme an, wir werden uns erst morgen wiedersehen?"

„Das denke ich auch. Ich freue mich schon sehr auf den morgigen Geschäftsabschluss. Besonders aber auf das Abendessen bei euch!

Ich muss dir noch etwas ganz Wichtiges erzählen", möchte Peter noch unbedingt loswerden.

„Da bin ich jetzt aber gespannt."

„Ich war heute früh bei meinem Freund Alex im Polizeipräsidium. Zuerst haben wir nur über unsere Schulzeit geredet. Dann hat er mir von seiner Familie erzählt und ich ihm von meiner gescheiterten Ehe und wie es dazu gekommen ist.

Dann habe ich ihm sehr ausführlich vom Treffen mit Ines und von den zwei Stunden, die wir im Café verbrachten, erzählt.

Und du glaubst nicht, was passiert ist! Als Alex die Telefonnummer angerufen hat, die mir Ines gegeben hatte, meldete sich die die Besitzerin eines Friseursalons, Friseursalon Christine. Auf die Frage von Alex, ob in ihrem Geschäft eine Frau Ines Holden beschäftigt ist oder ob sie vielleicht Kundschaft mit diesem Namen kennt, verneinte Frau Christine mit den Worten: ‚Weder noch, diese Dame ist mir vollkommen unbekannt, ich habe diesen Namen noch nie gehört!' Was sagst du jetzt?"

„Da bin ich baff. Eine fremde Frau, der du hilfreich zur Seite gestanden hast, gibt dir als Dankeschön eine falsche Telefonnummer. Was bezweckt sie damit?", denkt Bernhard laut.

„Das frage ich mich auch. Ach und noch etwas Interessantes. Am Freitag hab ich ihren Rock bei der Wäscherei abgeholt. Ich habe ihn wegen dem vermeintlichen Blutfleck zur Reinigung gebracht. Ich habe dir doch davon erzählt. Und es war gar kein Blutfleck, sondern es war ein ganz kleiner Rückstand von einem roten Nagellack."

Bernhard entgegnet: „Naja, dass es sich um einen Blutfleck handelt, war ja nur eine Vermutung von dir!"

„Du hast recht. Alex nimmt meine Geschichte sehr ernst und er hat mir versprochen, dass er
sich um meinen Fall besonders kümmern wird", hofft Peter.

„Jetzt kannst du nur mehr abwarten, was seine Ermittlungen ergeben werden!"

„Hoffentlich muss ich nicht zu lange warten?", wird Peter nun schon ungeduldig.

Peter ruft ihm mit einem Seitenblick auf Frau Pachners Büro zu: „Und arbeite heute Nachmittag nicht mehr so viel!"

Bernhard schenkt ihm nur ein zweideutiges Lächeln.

Im Büro von Frau Pachner gibt Peter ihr – entgegen seiner Art – detaillierte Anweisungen: „Ich wünsche Ihnen einen nicht allzu anstrengenden Tag! Herr Weber weiß, wo ich bin. Wenn Sie wieder so einen ominösen Anruf wie am Freitag erhalten, dann ist es vielleicht dieses Mal möglich, meine Handynummer weiterzugeben. Wir haben ja schon am Freitag darüber gesprochen. Es ist mir wirklich sehr wichtig!"

„Ja natürlich mache ich das. Alles Gute für den Arztbesuch und ich hoffe, Sie haben heute ihr Handy *nicht* vergessen?", erinnert ihn Frau Pachner.

Peter lächelt vielsagend: „Das habe ich nicht und ich komme heute auch ganz bestimmt nicht mehr ins Büro zurück. Auf Wiedersehen!"

Peter besucht seine Ärztin, Frau Dr. med. Andrea Marek. Da er ein paar Tage zuvor bei der Sprechstundenhilfe einen Termin vereinbarte, muss er nur ein paar Minuten warten.

Peter zu sich: „Frau Dr. med. Marek Andrea ist eine Koryphäe auf dem Gebiet der Wirbelsäulenerkrankungen. Wenn es sie nicht gäbe, wäre ich sicherlich das eine oder andere Mal wegen großer Schmerzen nicht ins Büro gegangen."

Frau Dr. med. Marek verschreibt Peter, nach neuerlicher Untersuchung, dasselbe Schmerzmittel wie beim letzten Besuch, dabei klärt sie ihn über weitere Optionen auf: „Bei Zunahme der Schmerzen an den Bandscheiben sollte man eine Infiltration in Betracht ziehen. Bei dieser Behandlung würden Sie für eine längere Zeit schmerzfrei sein. Auch ein Kuraufenthalt würde ihnen guttun."

Peter verabschiedet sich von Frau Dr. Marek mit einem herzlichen „Dankeschön" und nimmt sich vor, demnächst einen Kurantrag zu stellen.

Er verspürt einen leichten Hunger. Immerhin ist es schon Mittag. Bei einem Schnellimbiss bleibt er stehen und bestellt sich ein paar Würstchen.

Peter denkt sich wehmütig: „Die Zeiten, in denen ich mehr gegessen habe, sind seit ein paar Tagen vorbei. Aber das wird sich wieder ändern, ganz besonders morgen Abend, wenn ich bei Bernhard und seiner Gattin eingeladen bin. Ich weiß, in netter Gesellschaft schaut es auch mit meinem Appetit bestimmt wieder viel besser aus."

Peter kommt gegen 13 Uhr in seiner Wohnung an versucht wieder den Architekten Schaller telefonisch zu erreichen, aber ohne Erfolg wie bereits am Vormittag, es meldet sich niemand.

Am Vormittag hatte er sich schon vorgenommen, der Villa des Architekten Schaller am Nachmittag einen Besuch abzustatten. Er holt sein Auto aus der Garage und fährt stadtauswärts. Irgendwie zieht es ihn magisch in die Gegend, in der seine Ex-Frau Maria wohnt. Die Entfernung vom Reihenhaus zur Villa des Architekten Schaller beträgt höchsten fünf Kilometer. Peter fährt ganz langsam an seinem Reihenhaus vorbei. Der Parkplatz vor dem Haus ist leer.

Peter ist in Gedanken: „Musste das alles sein? Ich glaube, Maria ist unglücklich und Jürgen leidet sehr unter unserer Trennung. Er wirkte am Samstag nach dem Stadionbesuch etwas bedrückt und ich hatte auch das Gefühl, dass er mir etwas sagen wollte. Wahrscheinlich hat ihm seine Mutter verboten, mit mir über ihren Lebensgefährten zu sprechen?“

Peter fährt zügig weiter. Ungefähr 100 Meter vor der Villa des Architekten Schaller drosselt er die Geschwindigkeit und fährt in mäßigem Tempo weiter. Er bewundert die gepflegte Parkanlage der Villa.

Dieses Mal ist die Erscheinung der Villa noch mal eine andere: Die Fenster der Villa sind weit geöffnet und auf der Terrasse vor dem Haus sieht er einige sehr elegant gekleidete Damen und Herren, alle mit einem Sektglas in der Hand, die sich angeregt unterhalten.

Peter fährt die letzten Meter sehr langsam in Richtung Parkplatz. Der Parkplatz, ausgerichtet für acht Autos, ist voll besetzt. Peter bemerkt einen PKW, der gerade ausparkt, dunkelblau, mit einem Dachträger.

Er erkennt das Auto sofort wieder. Es ist das Auto von Oskar Malink, dem Lebensgefährten von Maria. Der Mann fährt rasch an Peters Auto vorbei, aber Peter kann ihn gut erkennen, jenen Mann, der seine Ehe zerstörte.

Peter kommt ins Grübeln: „Was hat der beim Architekten Schaller zu suchen?“

Er fährt in den frei gewordenen Parkplatz. Es ist ein ungewöhnlich heißer Tag, trotzdem behält Peter sein Sakko an. Er geht zum Eingang der Villa. Ein elegant gekleideter Mann mit stattlicher Figur – er schätzt ihn auf fünfzig – kommt ihm entgegen.

„Entschuldigen Sie, ich suche den Architekten Schaller!“

„Das bin ich und wer sind Sie?“, fragt ihn der Angesprochene.

„Mein Name ist Peter Part, ich bin Makler und ich möchte Sie kurz sprechen“, bittet er höflich.

„Heute geht es sowieso nur kurz, weil ich etwas zu feiern und ein paar Freunde zu diesem Anlass eingeladen habe! Aber sagen Sie, ihr Name kommt mir doch bekannt vor?“, denkt Architekt Schaller laut nach.

„Das kann schon sein, ich habe schon mehrmals bei Ihnen angerufen und ihre Gattin hat Sie sicher über meine Anrufe informiert“, versucht Peter das Rätsel zu lösen.

„Das hat sie, trotzdem habe ich ihren Namen in letzter Zeit schon einmal in einem anderen Zusammenhang gehört. Na ja, es wird mir schon noch einfallen. Also, was möchten Sie?“

„Haben Sie die Absicht ihre Villa in nächster Zeit zu veräußern?“, fragt Peter ohne Umschweife.

„Vielleicht, aber ich habe noch nicht offiziell mit jemanden darüber gesprochen. Woher haben Sie diese Information?, geht der Architekt ihm aus dem Weg.

„Makler sind eben immer einen Schritt voraus“, äußert auch Peter eher vage.

„Ist ja auch egal, von wem Sie es wissen, aber ich bin in der Tat nicht abgeneigt, mit Ihnen in nächster Zeit über den Verkauf meiner Villa zu sprechen. Ich werde Sie anrufen, wenn ich verschiedene andere wichtige Dinge erledigt habe. In drei Monaten werde ich für immer ins Ausland übersiedeln und Sie können sich vorstellen, dass es bis dahin sehr viel zu erledigen gibt.“

Peter überreicht Herrn Architekt Schaller seine Visitenkarte mit den Worten: „Ich stehe Ihnen sehr gerne jederzeit zur Verfügung, auch in beratender Form! Ach, da hätte ich noch eine Frage, ich hoffe, es ist nicht indiskret, aber ich habe soeben einen blauen PKW mit Dachträger von ihrer Villa wegfahren sehen und der Fahrer kam mir irgendwie bekannt vor …?“

Der Architekt Schaller fällt Peter wütend ins Wort: „Diesen Strolch Malink meinen Sie? Der soll mir noch einmal in die Finger kommen. Er hat einen kleinen Elektrohandel in der Stadt. Ich habe ihn vor acht Wochen beauftragt, einige Reparaturen an den desolaten Elektroleitungen im Haus durchzuführen. Unter anderem sollte er einen neuen Sicherungskasten installieren. Den Sicherungskasten hat er vor vier Wochen vorbeigebracht, aber nur den leeren Kasten. Seitdem hat er sich nicht mehr blicken lassen und heute ist er gekommen und übergab mir eine Rechnung, in der Lieferungen von Elektroteilen aufgeführt sind, die bis heute noch nicht da sind. Auch der *fertig* montierte Sicherungskasten mit den dazugehörigen Einbauteilen inklusive Arbeitszeit stand auf dieser Rechnung. So eine Frechheit!

Der Kasten steht aber immer noch, so wie geliefert und unmontiert im Stiegenhaus herum. Das brachte mich dann besonders in Rage.

Ich habe ihn gebeten, er soll sich diese Rechnung sonst wohin stecken und mein Haus nie mehr betreten. Wahrscheinlich ist er in Geldnöten und da dachte er sich, den Architekten Schaller kann man ja mal übers Ohr hauen, aber da hat er sich getäuscht.

Von einem Geschäftsfreund habe ich leider zu spät erfahren, dass er diesen kleinen Elektrohandel, den er betreibt, demnächst wegen hoher Verschuldung schließen muss und dass er wegen verschiedenen Betrugsdelikten schon mehrfach vorbestraft ist.

Hätte ich das schon früher gewusst, von mir hätte er keinen Auftrag gekommen!

Schon an seiner unprofessionellen Ausdrucksweise hätte ich merken müssen, dass dieser Mensch kein solider Geschäftsmann ist.

Und dass er nach seiner Scheidung vor einem Jahr aus der bis dahin gemeinsamen Wohnung, in der er mit seiner Frau wohnte, ausziehen musste und in einem nur für kurze Zeit leer stehenden Haus, das einem Freund von ihm gehört, wohnen durfte, weiß ich von demselben Geschäftsfreund. Angeblich soll er eine verheiratete Frau mit seinen Lügengeschichten und Versprechungen so beeinflusst haben, dass sie sich von ihrem Mann scheiden ließ und er auch noch in ihr Reihenhaus einzog. Wahrscheinlich nur deswegen, damit er ein Dach über den Kopf hat, dieser Gauner!“

Peter merkt, wie sich sein Herzschlag erhöht.

„So, genug geredet, ich muss mich jetzt von Ihnen verabschieden, die Gäste warten, aber Sie werden sehr bald von mir hören. Sie machen auf mich einen sehr seriösen Eindruck“, versichert ihm der Architekt. Mit einem festen Händedruck verabschieden sich die zwei Herren.

Peter dankt ihm mit den Worten: „Ich freue mich auf unsere künftige Geschäftsbeziehung!

Und wenn diese Feier Sie persönlich betrifft, dann wünsche ich Ihnen alles Gute!"

Mit einem schallenden Lachen geht der Architekt wieder zu seinen Gästen: „Danke!"

Peter bemerkt auf der Terrasse im 1. Stock eine Frau im Rollstuhl. Neben ihr steht eine jüngere Frau, vielleicht ihre Pflegerin, der sie irgendwelche Anweisungen erteilt.

„Das muss die Frau vom Architekten Schaller sein, ich erkenne ihre Stimme ganz deutlich."

Peter geht wieder zum Parkplatz und setzt sich in sein Auto. Er schaut noch einmal zurück auf die Terrasse, wo er soeben noch Frau Schaller im Rollstuhl mit der jungen Frau sah. Aber jetzt sind die beiden nicht mehr zu sehen.

Peter macht sich große Sorgen: „Für mich ist das, was ich gerade erfahren habe, unfassbar. Ist sich Maria überhaupt bewusst, auf wen sie sich da eingelassen hat? Dieser Malink ist doch nichts anderes als ein Hochstapler und Betrüger.

Bei unserer Scheidung ist nach dem Richterspruch das Reihenhaus weiterhin in meinem Besitz geblieben. Maria hatte die Hälfte des Hauses für sich gefordert. Aber sie bekam lediglich das Wohnrecht für sich und Jürgen zu gesprochen.

Der Richter begründete seine Entscheidung damit, weil ich nachweislich das Reihenhaus mit meinen eigenen Mitteln finanziert hatte und Maria die alleinige Schuldige an unserer Trennung war. Außerdem stellte der Richter fest, dass Maria ein überdurchschnittlich hohes Einkommen bezieht. Deswegen muss ich auch nicht für ihren Unterhalt aufkommen. Ich zahle lediglich Alimente für meinen Sohn Jürgen und das mache ich gerne."

Peter fährt wieder an seinem Reihenhaus vorbei. Jetzt steht der blaue PKW mit Dachträger davor.

„Durch den Architekten Schaller weiß ich jetzt, dass dieser Malink kein Haus besitzt und dass er sich nur ins gemachte Nest setzen wollte. Und das hat er auch geschafft. Sonst wäre er wahrscheinlich auf der Straße gelandet. Und die gutgläubige Maria hat die wahre Absicht dieses Herrn nicht durchschaut. Was wird er für Ausreden gebraucht haben, warum sie noch immer nicht, nach einiger Zeit des Zusammenlebens in sein Haus gezogen sind? Aber so sind die meisten Frauen, wenn sie verliebt sind. Dann sind sie besonders naiv und beeinflussbar. Ob sie ihm gesagt hat, dass ich nach der Scheidung der alleinige Besitzer des Reihenhauses geblieben bin? Ich bezweifle es. Und ich glaube, den Satz, den sie mir im Gerichtsgebäude vor einem Jahr im Laufschritt zugerufen hat: *Lass mir mein Leben leben!* Den hat sie sicher schon längst bereut.

Aber ein Leben mit Lügen und falschen Versprechungen wollte sie bestimmt nicht.

Das, was Herr Schaller gesagt hat, hat mir die Augen geöffnet.

Wenn Maria wegen so einem Strolch ihre Familie verlassen hat, dann muss sie auch die Konsequenz tragen. Ich bin noch mehr von ihr enttäuscht als zuvor. Dass sie auf so einen schmierigen Kerl hereingefallen ist, ist mir unbegreiflich. Sie ist doch eine intelligente Frau. Sie hätte doch erkennen müssen, dass dieser Mann einen miesen Charakter hat. So viel Menschenkenntnis hatte ich Maria schon zugetraut.

Als sie mir ein paar Monate vor der Scheidung mitteilte, dass sie sich von mir trennen will und mir von diesem Mann erzählte, dachte ich, dieser Mensch ist ein seriöser Geschäftsmann, der sich in Maria verliebt hat. So gab es mir Maria auch zu verstehen. Mehr wusste ich nicht von ihm. Ich habe ihn auch bis zum Tag der Scheidung nicht gesehen. Sie hat auch immer vermieden, mit mir über ihn zu sprechen. Auf meine Fragen diesbezüglich, gab sie mir immer nur ausweichende Antworten. Wir redeten auch kaum mehr miteinander.

Ich bin sehr froh, dass mir das Architekt Schaller alles erzählt hat. Nach dieser Begegnung spüre ich, dass dieser Leidensweg, den ich über ein Jahr wegen Maria durchlebte, wahrscheinlich zu Ende geht.

Soll sie doch ihr Leben leben!

Nach ihrer Entscheidung vor über einem Jahr hat sie nur dieses Leben mit diesem Mann gewollt und anscheinend auch verdient. Ab heute werde ich versuchen, Maria nicht mehr so nachzutrauern wie bisher. Vielleicht gelingt es mir. Sicher bin ich noch tief in meinem Herzen mit ihr verbunden, aber trotzdem fühle ich mich jetzt richtig erleichtert. Vielleicht gibt mir auch die Begegnung mit Ines die Kraft, um mich auf Neues zu konzentrieren.

Ich fahre jetzt nach Hause und ich freue mich auf den morgigen, sicher sehr ereignisreichen Tag", fasst Peter die Begegnung zusammen.

Dienstag

EINE Woche nach der Begegnung mit INES

Relativ gut gelaunt sitzt Peter in seinem Büro. Frau Pachner serviert ihm ebenfalls gut gelaunt einen Kaffee.

„Wie war gestern ihr Arztbesuch?, erkundigt sie sich bei ihm.

„Frau Dr. med. Marek hat mir bei Zunahme der Rückenschmerzen eine Infiltration angeboten. Ich warte noch ab. Aber ich war immer schon so. Wenn ich, was meine Gesundheit betrifft, eine Behandlung irgendwie hinausschieben konnte, dann habe ich es getan.

Aber wenn die Schmerzen in kürzeren Abständen auftreten, werde ich ganz sicher wieder bei Frau Dr. med. Marek vorsprechen und sie um ihre Hilfe bitten“, erklärt ihr Peter, bevor er dann fortfährt: „Und wie war gestern ihr Tag? Hatten Sie mit der Vorbereitung für das heutige Verkaufsgespräch mit den Herren Lattenberg und Wieshof viel zu tun?“

„Nein, mit der Hilfe von Herrn Weber hat die Vorbereitung nicht lange gedauert!“, verlegen blickt sie zu Peter, bevor sie sich umdreht und wieder in ihr Büro zurückgeht.

„Warum ist sie plötzlich so rot im Gesicht geworden?“, denkt sich Peter seinen Teil.

Bernhard kommt aus seinem Büro: „Hallo Peter, wie geht es dir, alles in Ordnung?“

„Hallo Bernhard, es hat sich gestern einiges ereignet. Ich habe endlich den Architekten Robert Schaller angetroffen. Er ist ein sehr sympathischer Mensch. Wir haben uns zwar nur kurz, aber dafür sehr gut unterhalten. Und vor allem und was mich besonders freut, er wird mich demnächst anrufen und mich zu einem Vorgespräch bezüglich des Verkaufes seiner Villa einladen. Aber, wir haben *nicht nur* über den Verkauf seiner Villa geredet", deutet Peter bereits vielsagend an.

Bernhard wird neugierig: „Über was denn noch? Erzähl schon!"

„Zufälle gibt es im Leben. Ich habe den Lebensgefährten von meiner Ex-Frau gesehen.

Ich war keine 50 Meter vom Haus des Architekten entfernt, als er mit seinem blauen PKW mit Dachträger vom Parkplatz des Architekten

Ich habe dann den Architekten wegen diesem Mann angesprochen.

Was der alles über ihn erzählte! Das glaubst du nicht. Das lässt das Verhältnis von Maria zu diesem Mann in einem ganz anderen Licht erscheinen. Herr Architekt Schaller war richtig verärgert und erzählte mir, dass dieser Malink einen Elektrohandel betreibt und versuchte, ihn zu betrügen. Er hat eine halbe Stunde, bevor ich gekommen bin, Herrn Architekt Schaller eine Rechnung präsentiert, auf der Arbeiten aufgelistet waren, die er noch gar nicht geleistet hat. Dann hat er mir noch erzählt, dass dieser Herr sein Geschäft wegen hoher Verschuldung in nächster Zeit wahrscheinlich schließen muss.

Das hat Herr Architekt Schaller aber leider erst nach der Auftragsvergabe von einem Geschäftspartner erfahren. Abschließend erzählte er mir noch, dass er diesen windigen Typen Malink aus seiner Villa mit den Worten rausgeworfen hat: ‚Stecken Sie sich diese Rechnung sonst wohin!'

Das hat mit alles der Herr Schaller erzählt. Was sagst du jetzt?"

„Wie heißt dieser Elektriker?“, fragt Bernhard nur erstaunt zurück.

„Malink Oskar!“

„Ich kenne diesen Abschaum Malink. Er war mit meiner Schwägerin verheiratet. Dieser Unmensch hat sie in den Selbstmord getrieben. Meine Frau leidet sehr unter dem Freitod ihrer Schwester und sie hat sich auch seit diesem traurigen Ereignis sehr verändert. Sie ist nicht mehr dieselbe wie früher.

Ich bin der Meinung, wenn sich deine Ex-Frau über diesen Mann genauer informiert hätte, wäre ihr und auch dir sehr viel erspart geblieben. Aber es ist zu spät darüber zu lamentieren. Jetzt müssen die beiden schauen, wie sie mit den wahrscheinlich auch zunehmenden finanziellen Problemen, die auf sie zukommen, fertig werden. Weniger Einkommen vom Lebensgefährten, dann Schulden, die wahrscheinlich deine Ex-Frau abdecken muss und so weiter. Dich geht das alles nichts mehr an. Und für deinen Sohn Jürgen ist gesorgt.

Aber ich freue mich schon sehr auf den Besuch von Lattenberg und Wieshof.“

„Ich auch. Aber besonders freue ich mich auf den heutigen Abend bei dir zu Hause!“, meint Peter voller Vorfreude.

„Ich auch, aber bis zum Eintreffen der beiden Herren habe ich noch einiges zu erledigen“, mit diesen Worten verschwindet Bernhard in sein Büro und Peter geht zu Frau Pachner.

„Gibt es etwas Neues, soll ich jemanden zurückrufen?“, fragt Peter bei Frau Pachner nach.

Frau Pachner wirkt etwas reserviert und Peter kann sich auch vorstellen, warum: „Ich weiß schon, warum sie sich so verhält. Ihre Antwort, dass mithilfe von Bernhard die Vorbereitung für das Verkaufsgespräch *nicht lange* gedauert hat, hat sie irgendwie in Verlegenheit gebracht.“

„Nein, nichts Besonderes und ich habe auch keine Rückrufe vorgemerkt!“, sagt Frau Pachner knapp, ohne ihn dabei anzuschauen. Interessiert starrt sie auf ihren Computer.

Mit einem Dankeschön macht er sich schnell auf dem Absatz kehrt und geht wieder in sein Büro.

„Sie soll sich ausspinnen, ich weiß, sie hat so ihre Phasen. Erfahrungsgemäß sind sie aber nur von kurzer Dauer“, murmelt Peter vor sich hin.

Um 15 Uhr betritt Frau Pachner das Büro von Peter: „Ich glaube, ich habe im Stiegenhaus Stimmen gehört. Es könnte sein, dass die beiden Herren schon da sind. Soll ich aufmachen, bevor sie läuten?“

Peter ist etwas irritiert: „Ja, wenn Sie sich sicher sind, dass es niemand anders ist!“

Frau Pachner öffnet die Eingangstür, vor der nun die Herren Lattenberg und Wieshof stehen und Frau Pachner bemerkt, dass Herr Lattenberg soeben läuten wollte.

Frau Pachner: „Guten Tag, die Herren!“

„Guten Tag, Frau Pachner, wir freuen uns, Sie wiederzusehen!“, meint selbiger.

„Ich freue mich auch. Bitte treten Sie ein, Herr Weber und Herr Part erwarten Sie im Besprechungszimmer!“, bittet Frau Pachner die Besucher herein.

Die vier Herren begrüßen sich und nehmen wieder in der Ledergarnitur Platz. Wie es bei Verkaufsgesprächen von Geschäftsleuten so üblich ist, wird über Politik, über die momentane wirtschaftliche Lage und auch über Sport geredet. Es stellt sich heraus, dass Herr Wieshof ein begeisterter Fußballfan ist und Peter über diesen

Sport besonders gut informiert ist. Man merkt in der weiteren Unterhaltung, dass sie auf derselben Wellenlänge sind.

Frau Pachner hat bereits Kaffee und Kaffeetassen im Servicewagen bereitgestellt.

Nach einer halben Stunde erheben sich die vier Herren und Herr Lattenberg verkündet mit feierlicher Stimme: „Sehr geehrter Herr Weber, sehr geehrter Herr Part. Wir haben ihr Angebot sehr genau überprüft und freuen uns, ihnen mitteilen zu können, dass wir die zwei Baugrundstücke zu den vom Verkäufer angebotenen Preis kaufen werden.

Um ein Geschäft positiv abzuschließen, ist eine freundschaftliche Beziehung, die sich in der Zeit der persönlichen und telefonischen Gespräche entwickeln sollte, für uns sehr maßgebend. Mein Partner und ich haben Sie, Herr Part, und Sie, Herr Weber, schon von Anbeginn sehr sympathisch und besonders seriös befunden und diese Einstellung hat auch einen wesentlichen Teil zu unserer Entscheidung beigetragen!"

Herr Weber wendet sich nun zu den beiden: „Wir danken Ihnen für ihr Vertrauen. Schon bei unserem ersten Treffen haben sich mein Partner und ich zum Ziel gesetzt, uns für Sie besonders anzustrengen, um ihren Auftrag zu ihrer vollsten Zufriedenheit erledigen zu können!"

Die vier Herren reichen sich die Hände. Danach unterschreiben die Besucher die von Herrn Weber und von Frau Pachner vorbereiteten Verträge.

Nachdem diese Formalitäten erledigt sind, trinken die vier Herren genüsslich den von Frau Pachner servierten Kaffee in entspannter Atmosphäre.

Den von Herrn Weber angebotenen Whiskey lehnen die beiden Herren allerdings wieder, wie schon vor einer Woche, ab, wofür sich Herr Lattenberg entschuldigt: „Wir haben heute noch einen wichtigen Kundentermin. Sie verstehen!

Aber wir freuen uns, wenn wir weiterhin in Kontakt bleiben. Und wir werden sie sehr gerne weiterempfehlen!"

„Danke, wir schätzen dies sehr und wir freuen uns auf die künftigen gemeinsamen Geschäfte!", pflichtet ihm Herr Weber bei.

Frau Pachner begleitet die beiden Herren zum Ausgang: „Ich freue mich, wenn Sie uns wieder einmal besuchen, ein Kaffee steht für Sie immer bereit!"

„Danke für das Angebot, wir kommen gerne darauf zurück. Alles Gute und auf Wiedersehen!, meint Herr Wieshof und auch Herr Lattenberg ist voll des Lobes: „Auf Wiedersehen und danke für die vorzügliche Bewirtung!"

Nachdem Frau Pachner ins Besprechungszimmer zurückgekommen ist, telefoniert Peter mit Herrn Dr. Hagenbach und informiert ihn über die Kaufabsicht der Interessenten.

Bernhard meint zu Frau Pachner: „Ich freue mich über dieses soeben abgeschlossene Geschäft besonders."

Während Peter telefoniert, beglückwünscht ihn Frau Pachner: „*Du* hast recht, sechs Monate, rückblickend auf viele Telefongespräche und Besichtigungen, sind eine lange Zeit. Aber *du* und Herr Part, ihr habt euch auch besonders bemüht, dass dieses Geschäft zustande kommt."

Peter beendet das Telefongespräch und wendet sich den beiden zu: „Ich habe Herrn Dr. Hagenbach über die soeben unterschriebene Kaufabsicht der Interessenten informiert. Dr. Hagenbach war sehr erfreut. Er hat sich sogar bedankt und gemeint, dass wir uns die Provision redlich verdient hätten.

Am Donnerstag besucht er uns gegen 9.30 Uhr wegen der üblichen Formalitäten. Dieser Geschäftsabschluss muss gebührend gefeiert werden und ich schlage vor, wir gehen demnächst gemeinsam in ein nettes Lokal essen. Ich lade euch natürlich ein!"

Peter dreht sich mit einem Augenzwinkern zu Frau Pachner: „Ohne die perfekte Vorbereitung der Verträge wäre sicher nicht alles so glatt gelaufen!"

Frau Pachner antwortet, ohne zu zögern: „Danke, die Einladung nehme ich gerne an!"

Und dabei richtet sich einen vorwurfsvollen Ton zu Herrn Weber: „Ich werde sowieso viel zu wenig zum Essen eingeladen!"

Herr Weber setzt einen unschuldigen Blick auf, reagiert aber nicht weiter auf diese Anspielung.

Peter erinnert sich: „Ähnliche Worte habe ich vorigen Mittwoch in der Mittagpause im Büro von Bernhard gehört, als ich mein Handy vergessen hatte."

„Du bist mir zuvorgekommen, ich hatte dasselbe vor, aber danke für die Einladung. Über den genauen Termin musst du uns noch informieren!", meint Bernhard, bevor er sich entschuldigt, „es ist schon halb fünf. Ich werde jetzt nach Hause gehen. Meine Frau und ich haben noch einiges vorzubereiten. Ich hoffe, 19 Uhr bei mir zu Hause passt bei dir?"

„Passt gut, ich werde pünktlich da sein, ich freue mich!", ruft ihm Peter zu.

Zu Frau Pachner meint er nur: „Dann, auf Wiedersehen. Es könnte sein, dass ich morgen etwas später ins Büro komme."

Frau Pachner weicht Bernhards Blicken aus und antwortet mit leicht belegter Stimme: „Kein Problem und … einen schönen Abend!"

Nachdem Bernhard das Büro verlassen hat, sind Peter und Frau Pachner nun alleine im Besprechungszimmer.

Frau Pachner setzt sich unaufgefordert auf die Ledercouch und holt tief Luft: „Herr Part, ich habe Ihnen etwas Wichtiges mitzuteilen!"

Peter lehnt sich lässig in seinem Sessel zurück: „Was gibt es denn so Wichtiges?"

Frau Pachner nimmt all ihren Mut zusammen, bevor sie fortfährt: „Sie wissen, dass ich schon längere Zeit mit Herrn Weber per Du bin und dass wir öfter vertrauliche Gespräche führen, aber nicht solche vertraulichen Gespräche, an die Sie vielleicht denken."

„Jetzt bin ich aber überrascht, natürlich habe ich nur in diese eine Richtung gedacht. Ich erinnere mich noch sehr gut an den vorigen Mittwoch, als ich mein Handy aus meinem Büro geholt habe. Die paar Worte, die ich von Ihnen und Herrn Weber hörte, waren doch mehr als eindeutig!"

Frau Pachner erwidert sofort: „So ist es aber nicht, ja, es ist eine gewisse Vertrautheit in den letzten Monaten zwischen uns entstanden, aber mehr nicht. Und am letzten Mittwoch war Bernhard seit Langem wieder einmal etwas fröhlicher gestimmt. Daher diese zweideutigen, aber eher scherzhaft gemeinten Worte, die man sehr schnell falsch deuten kann."

Peter zu sich: „Was war denn bei diesen Worten scherzhaft? Ich bin überzeugt, dass ich sie richtig gedeutet habe. Die zwei haben doch ein Verhältnis miteinander. Ich habe doch schon längst bemerkt, dass dir Bernhard sehr viel bedeutet und dass du in ihn verliebt bist!"

Frau Pachner gesteht ihm nun alles: „Aber Sie haben nie bemerkt, wie schlecht es Bernhard tatsächlich geht. Nach außen hin ist er der joviale und clevere Geschäftsmann, aber im Inneren ist er tief unglücklich. Er wollte nicht mit Ihnen darüber reden, weil Sie selbst viele private Sorgen mit sich herumtragen und deswegen hat er sich mir anvertraut."

„Was ist los mit ihm? Ich habe nie bemerkt, dass er persönliche Probleme hat. Spannen Sie mich nicht länger auf die Folter!", fordert Peter sie zum Weitererzählen auf.

„Ich hätte sie ganz bestimmt nicht wegen diesem Thema angesprochen, wenn Sie heute Abend nicht bei Bernhard und seiner Frau eingeladen wären."

„Wie meinen Sie das?"

Aus Frau Pachner bricht es nun heraus: „Die Frau von Bernhard hat schon seit über einem Jahr gesundheitliche Probleme und Bernhard leidet sehr darunter. Er gehört nicht zu jenen Ehemännern, bei denen die Gattin am Abend mit dem Essen auf ihn wartet.

Die Realität sieht leider anders aus. Meistens geht er abends in ein Gasthaus essen. Mich wundert es sehr, dass sie Bernhard heute zum Essen einlädt. Mir erzählte er, dass seine Frau täglich bis zu acht Tabletten einnehmen muss und sehr oft unfähig ist, überhaupt irgendetwas zu tun. Und dass sie die meiste Zeit im Bett verbringt. Nur manchmal gibt es für sie ein paar wenige Stunden am Tag, an denen sie sich besser fühlt.

Aber eines stimmt, bevor sie krank wurde, hat sie die besten Gerichte gekocht, aber nach Bernhard sind diese Zeiten schon längst vorbei. So sagt zumindest Bernhard."

„Und was ist das für eine ominöse Krankheit?", hakt Peter nach.

„Bernhard druckst herum. Er sagt es nicht, wahrscheinlich schämt er sich für den Zustand seiner Frau. Aber ich kann mir beim besten Willen nicht vorstellen, dass sie heute Abend fähig sein wird, ein opulentes Mahl zu kochen.

Ich dachte mir, dass ich Sie über den gesundheitlichen Zustand von Frau Weber informieren sollte, weil irgendetwas stimmt da nicht. Und der Abend wird sicher nicht so werden, wie Sie ihn sich vorstellen, das spüre ich.

Und dann wollte ich Ihnen noch wegen diesem Anruf am Freitag sagen, dass mir die Stimme von dieser Frau Holden bekannt vorkam!"

Peter unterbricht Frau Pachner ungeduldig: „Ja, haben Sie diese Stimme nun doch erkannt?"

„Nicht direkt, ich weiß auch nicht, warum, und ich kann es mir auch nicht erklären. Aber jedes Mal, wenn ich an dieses kurze Telefongespräch denke, fällt mit Frau Weber, die Frau von Bernhard ein.

Ich habe schon öfter mit Frau Weber telefoniert.

Und die Stimme von dieser Frau Holden war der Stimme von Frau Weber sehr ähnlich."

„So ein Blödsinn, warum sollte mich denn Frau Weber anrufen?", äußert sich Peter skeptisch.

„Ich weiß es auch nicht, es ist nur so ein Gefühl. Ich wollte es Ihnen nur sagen.

Ich wünsche Ihnen, dass Sie heute Abend keine negative Überraschung erleben und ich möchte Sie nur bitten, Bernhard nichts von dem, was ich Ihnen soeben gesagt habe, erzählen. Das muss unter uns bleiben", bittet ihn Frau Pachner inständig.

„Ich verspreche es ihnen, aber es ist gut zu wissen, wenn man über so manches informiert wird. Danke!", zeigt sich Peter nun leicht frustriert, denn er hatte sich wirklich auf das Abendessen gefreut.

Frau Pachner klingt ebenfalls traurig: „Ich gehe jetzt nach Hause. Ich wünsche Ihnen einen schönen Abend … und ich werde an Sie denken!“

Als Frau Pachner in ihr Büro geht, ruft Peter ihr nach: „Danke, ich wünsche Ihnen auch einen schönen Abend!“

Zu sich meint er dann: „Frau Pachner weiß doch mehr, als sie soeben gesagt hat, das merkt man ihr an. Sie ist doch ganz bestimmt über das Eheleben von Bernhard und seiner Frau genauestens informiert. Und sie weiß ganz sicher alles über die Krankheit von Frau Weber oder zumindest, um welche Krankheit es sich handelt. Was bezweckt sie mit dieser Geheimnistuerei und diesen Andeutungen?

Warum hat mich Bernhard eingeladen, wenn seine Frau an einer Krankheit leidet, von der er mir nie erzählt hat? Ich verstehe das alles nicht.

Was wollte mir Frau Pachner eigentlich wirklich sagen. Ist sie vielleicht eifersüchtig, weil *sie* nicht auch eingeladen wurde? Oder wollte sie vielleicht, dass ich diese Einladung absage?“

Ab 17 Uhr befindet sich Peter alleine im Büro. Das Telefon klingelt: „Part!“

„Hallo Peter, Alex spricht hier, ich hatte dir versprochen, wenn ich mehr zu *deinem* Fall in Erfahrung gebracht hab, dann melde ich mich.“

„Hallo Alex! Schön, dass du mich anrufst. Kannst du mir etwas Angenehmes berichten?“

„Eher nicht“, platzt es aus Alex gleich heraus, „ich kann dir aber von einem menschlichen Schicksal erzählen, das dein Problem eigentlich nur fast am Rande betrifft.

Bezüglich der gesuchten Frau Ines Holden habe ich Folgendes ermittelt: Es ist nur eine Frau mit diesem Namen im Zentralcomputer erfasst. Aber diese Frau ist vor 26 Jahren gestorben – Selbstmord. Und diesen Namen gibt es kein zweites Mal. Zumindest nicht in nächster Umgebung.

Diese besagte Frau Ines Holden hat damals ihre zwei Kinder, ein fünfjähriges und ein vierjähriges Mädchen, zurückgelassen. Diese zwei Mädchen hießen *Elisabeth und Marlies Dorfmann,* nach dem Familiennamen des Vaters, der sie dann alleine aufzog. Die Mutter der beiden, Frau Ines Holden, hieß deswegen nicht Dorfmann, weil sie mit dem Vater der beiden Kinder, Christoph Dorfmann, nicht verheiratet war. Warum die beiden nicht verheiratet waren, konnte ich nicht ermitteln.

Die ältere Tochter Elisabeth heiratete einen Polizisten, als sie 20 Jahre alt war. Nach fünf Jahren wurde diese Ehe aus Verschulden des Mannes geschieden. Aber mit 26 Jahren heiratete sie wieder. Dieser Mann heißt Bernhard Weber.

Die andere Tochter, Marlies Dorfmann, heiratete ebenfalls mit 20 Jahren, einen Elektriker namens Oskar Malink, der mir dienstlich sehr bekannt ist. Sie hatten einen gemeinsamen Sohn, der mit acht Jahren nach einem Autounfall verstorben ist. Diese Ehe wurde vor einem Jahr aus Verschulden des Mannes geschieden."

Peter kann es kaum fassen: „Dieser Malink. Das ist doch kein Zufall mehr, dass sein Name schon wieder auftaucht!"

„Aber das, was ich dir soeben erzählte, sind Tatsachen!"

Peter spricht: „Wie du weißt, Herr Bernhard Weber ist mein Freund und Partner, das erzählte ich dir ja bei meinem Besuch im Präsidium. Und wegen diesem Malink wurde meine Ehe geschieden, das habe ich dir ebenfalls erzählt. Diese Geschichte interessiert mich nicht *nur* am Rande!"

Alex fährt also fort: „Du erzähltest mir auch, dass dieser Malink bei deiner Ex-Frau wohnt. Dazu kann ich dir Folgendes berichten: Das macht er nicht mehr lange, denn ein längerer Wohnortwechsel steht ihm unmittelbar bevor. Mehr darf ich dir vorerst darüber nicht sagen. Es ist streng vertraulich.

Aber diese traurige Familiengeschichte ist noch nicht zu Ende. Diese Marlies ist ein paar Wochen nach der Scheidung von ihrem Mann, diesem Malink, gestorben. Sie konnte wahrscheinlich den Tod ihres Sohnes und die Scheidung von ihrem Mann nicht verkraften. Sie hat sich das Leben genommen.

Ich weiß, meine Auskunft ist für dich wenig befriedigend, was dein eigentliches Problem angeht. Aber wer diese Frau ist, die sich dir unter dem Namen Ines Holden vorgestellt hat, bleibt vorerst noch ein Rätsel, das es aufzulösen gilt.

Aber ich werde weiter recherchieren."

„Danke, Alex. Ich möchte dir aber noch eines dazu sagen. Ich erinnere mich, dass mir Bernhard, mein Partner, vor einem Jahr vom Tod seiner Schwägerin so nebenbei erzählte. Er erwähnte nur, dass ihr Tod seine Gattin Liesa sehr berührte und dass sie sehr darunter leidet. Er wollte nicht weiter darüber reden und ich habe dies auch akzeptiert", ergänzte Peter.

„Wie du siehst, war ich nicht untätig und ich werde dich bald wieder in dieser Angelegenheit anrufen. Ich werde ermitteln, wer diese Dame ist, die du vorige Woche am Dienstag kennenlerntest. Bis dahin alles Gute und einen schönen Abend!", wünscht ihm Alex voller Zuversicht.

„Danke Alex, das wünsch ich dir auch!"

„Du weißt, für alte Freunde …!" und damit beendet Alex das Gespräch.

Peter lässt das Gespräch trotzdem nicht ruhen: „Die Auskunft von Alex war zwar sehr ausführlich, aber eigentlich wollte ich nur von ihm wissen, wo Ines ist. Aber ich vertraue ihm. Er wird weiter recherchieren und er wird dieses Rätsel schon noch lösen.

Fast hätte ich das Begrüßungsgeschenk für Frau Weber vergessen. Über diese kleine, schöne Kristallvase wird sie sich bestimmt sehr freuen. An die Flasche mit schottischen Whiskey für Bernhard in einem extra Geschenkkarton habe ich auch gedacht!"

Peter nimmt die zwei Tragetaschen, mit dem kostbaren Inhalt.

Um 18.30 Uhr geht Peter zum Ausgang. Vorher wirft er noch einen kurzen Blick zur Tragtasche, in der sich der gereinigte Rock von Ines befindet. Er verlässt das Büro und schließt die Ausgangstüre wie immer sehr sorgfältig ab. Mit gemischten Gefühlen geht er die Hauptstraße entlang, in Richtung der Wohnsiedlung, wo Bernhard und seine Frau in ihrem Einfamilienhaus wohnen.

Peter weiß, wo sich dieses Haus befindet, denn er hat Bernhard schon einmal nach Hause gefahren.

Kurz vor sieben Uhr steht Peter vor dem Haus des Ehepaares Weber. Er klingelt einmal und schon nach ein paar Sekunden öffnet ihm Bernhard.

Bernhard begrüßt ihn: „Hallo Peter, komm herein, ich freue mich!"

Nach einem kräftigen Händeschütteln betritt Peter das Haus. Peter schaut auf seine Armbanduhr: „Ich hoffe, ich komme nicht zu früh?"

„Auf keinen Fall, gerade zur rechten Zeit", schiebt ihn Bernhard auch schon in ein sehr edel eingerichtetes Wohnzimmer.

Peter meint anerkennend zu Bernhard: „Du hättest Architekt werden sollen und kein Makler. So wie du diesen Raum eingerichtet hast, alle Achtung!

Ich habe dir einen Whiskey mitgebracht. Ich weiß, dass du diese Marke besonders magst. Lass ihn dir schmecken!"

Bernhard nimmt die Whiskeyflasche aus dem Karton: „Oh, dankeschön, das stimmt, diesen Whiskey trinke ich sehr gerne.

Danke für das Kompliment, was die Einrichtung des Wohnzimmers angeht. Ich habe mich auch sehr bemüht, es nicht nur schön, sondern auch wohnlich zu gestalten."

Bernhard öffnet einen Schrank, in dem sich eine beleuchtete Bar mit den verschiedensten Spirituosen befindet.

Das Geschenk von Peter stellt er dazu. Den leeren Karton stellt er neben den Schrank ab.

In diesem Augenblick öffnet sich die Tür von einem Nebenraum und eine Frau Mitte dreißig mit kurzen rötlichen Haaren und schlanker Figur betritt den Raum. Sie hat ein sehr hübsches Gesicht, wenn auch sehr blass.

„Liesa, das ist Peter, mein Partner, von dem ich dir schon sehr oft erzählte!"

Und zu Peter: „Das ist Liesa, meine Frau. Jetzt lernt ihr euch auch einmal persönlich kennen!"

Liesa kommt mit einem Lächeln auf Peter zu und sie geben sich die Hand.

Peter runzelt die Stirn: „Warum halten wir unsere Hände länger, als es bei einer Begrüßung üblich ist? Und dieser Zufall, sie trägt dasselbe Parfum wie Ines."

Frau Weber lächelt ihn aber unaufhaltsam charmant an: „Schön, dass Sie unserer Einladung gefolgt sind. Ich habe einmal mit meiner Schwester meinen Mann im Büro besucht. Sie waren gerade auf Urlaub. Das Bild von euch beiden, das im Eingangsbereich hängt, ist mir in Erinnerung geblieben. Daher ist mir ihr Gesicht seit meinem Besuch im Maklerbüro nicht ganz unbekannt."

„Schade, dass ich damals nicht vor Ort war. Danke für Einladung, ich freue mich sehr!", meint Peter freundlich.

Er überreicht ihr das kleine Täschchen mit dem Geschenk, das er noch immer in der Hand hält: „Ich hoffe, es bereitet Ihnen eine kleine Freude?"

„Oh, herzlichen Dank, jetzt machen Sie mich aber neugierig!", nimmt sie das Geschenk entgegen und holt aus dem Täschchen die kleine Bleikristallvase, die sie gegen das Licht hält. Die Facetten leuchten in den verschiedensten fluoreszierenden Farben.

Frau Weber dreht sie immer wieder bewundernd hin und her: „Danke, ich freue mich sehr, ich bin sehr beeindruckt, es ist ein wunderschönes Geschenk. Vielen Dank nochmals!"

Sie stellt die Vase auf eine Kommode und betrachtet sie noch einmal bewundernd. Das leere Täschchen legt sie auf einen Stuhl daneben ab.

Peter muss sich in diesem Moment an die Worte von Frau Pachner erinnern: „So ganz unrecht hatte Frau Pachner nicht, als sie meinte, dass die Stimme von dieser Frau Holden der Stimme von Frau Weber sehr ähnelt. Ich empfinde das auch so."

Frau Weber unterbricht seine Gedanken: „Darf ich den Herren einen Aperitif vor dem Essen servieren?"

„Da sagen wir nicht Nein!", antwortet Bernhard für Peter lachend, „ich weiß, da stimmst du mir auch ohne Rücksprache zu!"

„Da hast du mal ausnahmsweise recht, sehr gerne!", erwidert Peter ohne Zögern.

Peter versucht seine Bedenken mühsam aus dem Weg zu räumen: „Ich glaube, Frau Pachner hat stark übertrieben. Ich merke nichts von einer Krankheit bei dieser Frau.

Aber ich habe Frau Weber schon einmal gesehen, da bin ich überzeugt. Und wie sie mir die Hand gegeben hat. Ich weiß nicht? Ich frage mich nur, warum mir in diesem Augenblick Ines in den Sinn gekommen ist? Eine gewisse Ähnlichkeit zu ihr besteht, da geb ich ihr schon recht. Oder bilde ich mir das nur ein? Oder sehe ich jetzt schon in jeder Frau Ines?"

Frau Weber überreicht Peter und Bernhard ein Glas Campari Orange mit Eis.

Peter fragt Frau Weber: „Dankeschön, Sie trinken nicht mit uns?"

„Nein, ich trinke keinen Alkohol!", antwortet ihm Frau Weber schnell und Peter hat keine Zeit nachzufragen, warum.

Von Frau Pachner weiß er, dass sie viele Medikamente einnimmt und da wirkt sich Alkohol, schon in kleinen Mengen, sicherlich nicht gerade positiv auf das Wohlbefinden aus.

Frau Weber entschuldigt sich: „Ich habe in der Küche noch einige Vorbereitungen zu treffen. Ich rufe euch dann. Es wird nicht mehr lange dauern, bis das Essen fertig ist!"

Sie geht in denselben Raum, aus dem sie vorher gekommen ist.

Bernhard prostet Peter zu: „Ich hoffe, das Gericht, das meine Frau und ich gekocht haben, wird dir schmecken?"

„Davon bin ich überzeugt!", wischt Peter seine Bedenken weg. Danach unterhalten sich Bernhard und Peter noch über verschiedene belanglose Themen.

Nach kurzer Zeit öffnet Frau Weber die Tür wieder, in die sie kurz zuvor entschwunden ist und flötet den beiden Männern fast fröhlich zu: „Ihr könnt kommen, dass Essen ist fertig!"

„Wir kommen!“, meint Bernhard und beide trinken den Rest Campari hastig aus und stellen die leeren Gläser auf einen kleinen Tisch neben der Kommode.

Beide gehen in ein gemütlich eingerichtetes Speisezimmer mit angrenzender Küche.

„Bitte die Herren Platz zu nehmen! Bernhard, du sitzt wie immer an meiner rechten Seite. Herr Part, bitte setzen Sie sich an meine linke Seite!“, dirigiert Frau Weber die Herren.

Bernhard und Peter setzen sich wunschgemäß.

Frau Weber erklärt die Speisenfolge: „Es gibt Lammbraten und Knödel und gedünstete Fisolen im Speckmantel mit Blaukraut.

Beim Nachtisch lassen Sie sich überraschen. Ich bin gleich wieder hier. Ich habe schon alles vorbereitet!“

Frau Weber dreht sich um und schaut Peter etwas verlegen an: „Ich habe aber nicht alleine gekocht. Bernhard hat mich sehr unterstützt. Ich möchte mich keinesfalls mit fremden Federn schmücken!“

Peter wirft Bernhard einen fragenden Blick zu. Bernhard blickt liebevoll zu Liesa und meint dann nur zu Peter: „Lieber Peter. Gemeinsam gekocht, schmeckt es doppelt so gut, du wirst es schon sehen beziehungsweise schmecken!“

Auf dem bereits gedecktem Tisch mit perfekt angeordnetem Besteck stehen zwei Gläser mit Rotwein. Neben dem Teller von Frau Weber steht ein Glas mit Mineralwasser.

Frau Weber kommt, mit einem kleinen Speisewagen vor sich herschiebend, aus der Küche. Darauf steht eine Pfanne mit bereits filetiertem Lammbraten in Soße. Neben der Pfanne stehen zwei Schüsseln. Eine ist gefüllt mit Blaukraut und die andere mit

Knödeln. Daneben liegen die gedünsteten Fisolen im Speckmantel auf einem Teller.

„Ich hoffe, ich habe euch nicht lange warten lassen?", entschuldigt sich Frau Weber, aber Bernhard schweigt, sodass Peter für ihn einspringt: „Umso besser schmeckt es dann!"

Frau Weber serviert Peter und Bernhard ein wenig unbeholfen. Ihr Blick wandert Hilfe suchend zu Bernhard. Nach dem Servieren stellt sie den Speisewagen mit einem kleinen Abstand zum Esstisch ab. Dann setzt sie sich und lächelt den beiden Herren aufmunternd zu: „Mahlzeit!"

„Mahlzeit!", ruft Bernhard übertrieben gekünstelt.

„Mahlzeit und nochmals danke für die Einladung!", wünscht auch Peter allen, bevor er wieder ins Grübeln gerät: „Hat Frau Pachner vielleicht doch recht gehabt, als sie meinte, dass Frau Weber krank ist? Momentan wirkt sie etwas unsicher.

Beim Servieren schaute sie mich mit einem so vertrauten Blick an. Aber ich habe sie doch noch nie gesehen. Oder vielleicht doch?

Und sie hat ganz bestimmt nicht am Freitag im Büro angerufen und mich verlangt. Warum sollte sie auch?

Frau Pachner hat ja nur vermutet, dass die Stimme dieser Frau ihr ähnlich klingt. Aber warum denke ich in diesem Augenblick schon wieder nur an Ines? Wahrscheinlich weil ich schon bei der Begrüßung von Frau Weber eine gewisse Ähnlichkeit zu Ines feststellen konnte."

Peter meint dann aber zu seinen Gastgebern: „Der Lammbraten schmeckt hervorragend!"

„Freut mich, dass es dir schmeckt!"

Und auch Frau Weber lächelt Peter an: „Mich freut es auch!"

Peter mustert Frau Weber gedankenverloren: „Ich sehe aber sehr deutlich, dass sich Frau Weber bemüht, beim Essen nicht aufzufallen. Ihre Bewegungen wirken irgendwie gekünstelt, langsam und fahrig. Und es hat den Anschein, als wenn sie vor jedem Bissen überlegen müsste, was sie als Nächstes tun soll."

Frau Weber durchbricht nach ein paar Minuten die Stille: „Möchten die Herren noch einen kleinen Nachschlag?"

„Sehr gerne!", ermuntert sie Peter, die mit dem Servierwagen unsicher in die Küche geht.

Nach ein paar Minuten kommt sie wieder ins Speisezimmer zurück. In der Hand hält sie eine kleinere Pfanne, halb gefüllt mit filetiertem Lammbraten und einigen Knödeln.

Frau Weber schaut Peter fragend an: „Darf ich?"

„Ja bitte", Peter reibt sich den Bauch, „ich bin zwar jetzt schon satt, aber einem so köstlichen Gericht kann ich nicht widerstehen. Aber bitte nur einen kleinen Nachschlag!"

Frau Weber füllt mit einem etwas gezwungenen Lächeln den Teller von Peter mit einer kleinen Portion Lammbraten und einem Knödel auf.

Peter verdreht genüsslich die Augen: „Dankeschön!"

„Mir auch noch eine kleine Portion, bitte!", sagt Bernhard zu seiner Gattin.

„Sehr gerne, aber denke daran, dass du beim Vorbereiten in der Küche schon einiges gekostet hast. Nicht dass dir übel wird? Und einen Nachtisch gibt es auch noch!", gibt ihm Frau Weber zu bedenken.

Bernhard bettelt förmlich: „Ich weiß, aber ich muss Peter beipflichten, ich kann einem so delikaten Gericht auch nicht widerstehen. Ein bisschen noch!"

Daraufhin serviert Frau Weber ihrem Mann dieselbe Menge wie zuvor Peter.

„Und du, Liesa?“, fragt er bei ihr nach.

„Ich bin schon satt!“, und mit gequälter Stimme sagt sie zu Bernhard, „du weißt, warum!“

Sie steht auf und geht mit der fast leeren Pfanne in die Küche. Sie ist schnell wieder zurück und setzt sich wieder zu Bernhard und Peter.

Bernhard hebt feierlich das Glas mit Rotwein und prostet Peter zu. Als Peter beiden zuprostet, bohrt er nochmals bei Frau Weber nach: „Und Sie trinken kein Schlückchen Rotwein?“

„Wie ich ihnen vorhin schon sagte, ich trinke keinen Alkohol, ich bleibe bei meinem Mineralwasser!“, erwidert sie etwas unwirsch, dann hebt sie ihr Glas und schaut wieder freundlich zu den beiden Herren: „Aber dennoch zum Wohl! Es freut mich sehr, dass uns der Lammbraten so gut gelungen ist.“

Bernhard und Peter gönnen sich einen Schluck von dem hervorragenden Wein. Frau Weber nippt nur an ihrem Mineralwasser. Alle drei stellen ihre Gläser wieder auf den Tisch zurück.

Während Peter den letzten Bissen zu sich nimmt, brütet er angestrengt: „Was meinte Frau Weber, als sie vorhin zu Bernhard sagte: ‚Du weißt, warum!‘

Außerdem ist mir aufgefallen, als sie von der Küche wieder ins Esszimmer zurückkam, dass sie etwas abwesend war und ich habe deutlich gespürt, dass es ihr nicht gut geht. Auch ihre Schritte wirkten etwas unbeholfen.“

Frau Weber schaut Peter direkt in die Augen. Peter spürt, dass sie ihm etwas sagen möchte. Dann dreht sie ihr Gesicht zu Bernhard und flüstert ihm etwas zu. Peter kann es nicht verstehen. Und auch Bernhard flüstert seiner Frau etwas ins Ohr, was für Peter ebenfalls nicht zu verstehen ist.

Plötzlich stehen beide gleichzeitig auf.

Frau Weber schwankt dabei. Bernhard ist etwas blass geworden und muss sie stützen.

Peter denkt sich besorgt: „Seit ich hier bin, ist eine knappe Stunde vergangen und schon gibt es die erste Überraschung."

Bernhard entschuldigt sie nervös: „Liesa geht es nicht gut, sie muss sich für eine Weile hinlegen!"

Der Blick von Frau Weber geht ins Leere und fast lallend haucht sie Peter zu: „Bitte entschuldigen Sie!"

Sie umklammert den Oberarm von Bernhard. Sie kann sich kaum mehr auf den Beinen halten.

Peter ist sprachlos.

Aber er versucht sich zu erinnern:

„Vorige Woche war ich am Dienstag in einer ähnlichen Situation wie jetzt Bernhard. Da hat sich Ines ganz fest an meinem Oberarm geklammert."

Bernhard und Liesa bewegen sich in ein angrenzendes Nebenzimmer fort, Frau Weber nur mehr mit schleppendem Gang. Bernhard schließt die Tür hinter sich.

Peter rätselt über das ungewöhnliche Verhalten von Frau Weber: „Was mir Frau Pachner am Nachmittag erzählte, trifft also *doch* zu. Frau Weber ist krank. Und dieser Schwächeanfall von ihr ist eine eindeutige Bestätigung.

Frau Pachner hat mir gewünscht, dass ich heute Abend *keine* negative Überraschung erlebe. Leider habe ich schon *eine* gehabt, aber genau das Gegenteil von dem ist eingetreten, wovor mich Frau Pachner warnte. Vor dem Essen dachte ich, dass vielleicht die Qualität des Essens nicht besonders gut sein wird, aber die zwei haben hervorragend gekocht. Oder ist das vielleicht allein Bernhards Verdienst?

Vor einiger Zeit hat er mal erwähnt, dass er schon, bevor er Liesa kennenlernte, selbst ein begeisterter Hobbykoch war."

Peter hört vom Nebenzimmer das Getuschel von Bernhard und seiner Gattin.

Er nimmt das noch halb volle Rotweinglas und trinkt es in einem Zug leer.

„Was wird mir Bernhard erzählen, wenn er wieder zurückkommt?", zerbricht sich Peter in der Zwischenzeit den Kopf, „ich kann es kaum erwarten."

Im Nebenzimmer ist es ruhig geworden und Bernhard kommt wieder ins Speisezimmer zurück. Er wirkt erschöpft und abgespannt.

„Entschuldige bitte, das, was du soeben miterleben musstest, ist mir sehr peinlich. Ich dachte, unser gemeinsamer Abend nimmt einen harmonischeren Ausgang. Ich werde dir jetzt erzählen, warum sich der gesundheitliche Zustand meiner Frau seit einem Jahr verschlechtert hat."

Peter denkt an Frau Pachner und an das, was sie ihm anvertraute.

„Ich dachte, in deiner Ehe ist alles in Ordnung. Du erzähltest mir nur einmal vom labilen gesundheitlichen Zustand deiner Frau?"

Bernhard schüttelt mit dem Kopf: „Ja, nach außen hin ist es so, aber seit dem Tod ihrer Schwester hat sie große gesundheitliche Probleme.

Ihr Gemütszustand veränderte sich seitdem zusehends. Starke Medikamente gegen ihre schlechte psychische Verfassung erfüllten nicht die gewünschten Erwartungen.

Einmal, ich kam später nach Hause als sonst.

Da saß Liesa vor dem Fernseher, aber er war gar nicht eingeschaltet. Anscheinend war ihr das gar nicht bewusst.

Sie redete mit ihrer verstorbenen Schwester Marlies, ganz so, als wenn sie ihr gegenübersitzen würde, über eine Stunde lang hatte sie ihren Blick starr auf den schwarzen Bildschirm gerichtet. Sie ließ sich von mir nicht stören, sie ignorierte mich komplett. Sie hat mich in ihrer Scheinwelt gar nicht wahrgenommen. Von diesem Zeitpunkt an wusste ich, sie braucht einen Arzt und eine Behandlung.

Wir suchten in den nächsten Tagen verschiedene Ärzte auf. Bis die Diagnose Bewusstseinsspaltung, eine Form der Schizophrenie feststand. Das ist eine Krankheit, bei der die betroffene Person ohne Vorankündigung oder irgendwelche Anzeichen eine andere Identität annimmt. Dieser Zustand kann kurzfristig sein, aber auch für mehrere Stunden andauern.

Sie wurde vom Neurologen stationär ins Krankenhaus in unserer Stadt eingewiesen. Ich besuchte sie regelmäßig, aber ein richtiges Gespräch kam nie zustande. Sie wirkte immer sehr abwesend. Auf verschiedene Fragen antwortete sie mir mit einer schläfrigen, kaum hörbaren Stimme. Eine Folge der starken Medikation.

Peter nickt verständnisvoll: „Ich kann mich noch sehr gut erinnern. Du erzähltest mir vom Krankenhausaufenthalt deiner Frau. Allerdings hast du mir nicht erzählt, woran deine Frau erkrankt ist. Ich dachte mir, wenn du es mir nicht sagen willst, hat es seine Gründe. Irgendwann wirst du es mir schon erzählen."

„Ja, stimmt, aber ich wollte einfach nicht über ihre Krankheit reden", gibt Bernhard unumwunden zu, „drei Wochen nach ihrer Einweisung bekam ich einen Anruf vom Krankenhaus. Es beschlich mich ein ungutes Gefühl. Ich fragte mich, warum werde ich vom Krankenhaus angerufen, ist Liesa etwas passiert?

Ich meldete mich mit,Hallo!' und es meldete sich Marlies, meine Schwägerin, mit den Worten: ,Hallo Bernhard, wie geht es dir?'

Ich habe mich furchtbar erschrocken. Es fehlten mir die Worte. Marlies kann ja nicht mehr mit mir telefonieren, sie ist doch vor einem halben Jahr gestorben. Doch es war ihre Stimme, keine Frage. Natürlich schaltete ich sofort. Es war Liesa, meine Frau, die die Stimme ihrer toten Schwester imitierte.

Bevor ich noch antworten konnte, meldete sich der Stationsarzt: ,Entschuldigen Sie, Herr Weber, aber so war das nicht gemeint. Ihre Frau wollte mit Ihnen sprechen und ich habe ihr erlaubt, dass sie von meinem Büro mit Ihnen telefonieren darf. Sie sagte mir nur, dass sie Ihnen etwas Wichtiges mitzuteilen hätte.

Es war ihrer Frau nicht anzumerken, dass sie sich kurzfristig in der Person ihrer verstorbenen Schwester befindet. Im Krankenzimmer benahm sie sich noch ganz normal, da war sie noch Frau Weber. Hätte ich nur die geringste Wesensveränderung an ihr bemerkt, wäre dieses Gespräch mit Ihnen nicht zustande gekommen. Ich bringe ihre Frau jetzt wieder in ihr Krankenzimmer. Ich rufe Sie in ein paar Minuten zurück!'

Der Arzt rief mich nach zehn Minuten an.

Er erzählte mir dann, dass sich meine Frau in der Zeit des stationären Aufenthaltes schon öfter in die Person ihrer verstorbenen Schwester schlüpfte. Dies bestätigt auch die Diagnose: *Schizophrenie.*

Er sagte, dass sie deshalb unbedingt in Behandlung bleiben muss, denn sie lebt an der Grenze zwischen Wahnsinn und Wirklichkeit. So der Arzt.

Im Weiteren meinte er, dass meine Frau durch den Selbstmord ihrer Schwester und dem Tod ihres Neffen psychisch so stark belastet wurde, dass diese schon lange in ihr schlummernde Krankheit ausbrach. So seine Begründung.

Die Schwester von Liesa, Marlies, ist mit dieser Kränkung, die sie erleben musste, nicht fertiggeworden und Liesa, meine Frau, kam nicht mit dem Leidensweg ihrer Schwester zurecht. Und Liesa, na ja, ich habe dir eben sehr ausführlich über ihren gesundheitlichen Zustand berichtet.

Peter ergänzt noch in seinen Gedanken: „Ich glaube, Bernhard weiß gar nicht, dass sich die *Mutter* von den beiden Schwestern, Liesa und Marlies, das Leben nahm. Das erzählte mir Alex."

Bernhard fährt fort mit seiner Erzählung: „Als ich Liesa nach einem achtwöchigen Krankenhausaufenthalt als zwar nicht geheilt, aber wesentlich stabiler wieder nach Hause holte, war sie sehr verändert.

Sie musste täglich sehr viele Medikamente einnehmen, die sie aber letztendlich nur ruhigstellten. Natürlich war sie tagsüber unter der Aufsicht von einer von mir engagierten Pflegerin. Manchmal berichtete mir die Pflegerin auch von den kurz anhaltenden Ohnmachtsanfällen von Liesa, die mir noch zusätzliche Sorge bereiteten. Und immer die Frage: Wie soll es weitergehen?

Sehr oft ging ich auch in ein Gasthaus essen. Liesa war nicht fähig irgendetwas zu kochen. Und heute hat sie mich lediglich unterstützt."

Peter denkt sich: „So ungefähr hat es mir auch Frau Pachner zu verstehen gegeben."

Zu Bernhard meint er aber dann: „Aber eines begreife ich nicht, warum hast du mich dann heute Abend eingeladen? Diese Einladung war doch für deine Frau unzumutbar!"

Bernhard erklärt ihm auch das: „Ich habe Liesa schon sehr oft von dir erzählt und ich habe ihr versprochen, wenn es ihr einmal besser geht, laden wir dich einmal zum Essen ein.

Das war vielleicht ein egoistischer Gedanke von mir, denn ich hab geglaubt, dass die Einladung für Liesa mal eine positive

Abwechslung sein wird, mit ihren Mann und mit einem netten Gast einen gemütlichen Abend zu verbringen.

Ich habe dir von der genauen Krankheit, an der Liesa leidet, nie erzählt, weil du selbst mit den Folgen deiner Scheidung und auch mit deinen eigenen Problemen beschäftigt gewesen bist.

Frau Pachner war die Einzige, der ich mich manchmal anvertraute.

Seit einer Woche konnte ich eine deutliche Besserung des Gesundheitszustandes von Liesa feststellen. Sie wurde ausgeglichener und die Anzahl an Medikamenten konnte reduziert werden.

Unser Hausarzt, der Liesa einmal in der Woche besuchte, wies aber die Pflegerin und mich an, dafür zu sorgen, dass die Einnahme der verordneten Medikamente nach dem vorgegebenen Zeitplan penibel genau eingehalten werden muss. Nur so kann ein Rückfall und ein zweiter Krankenhausaufenthalt verhindert werden.

Ab dann habe ich mit der Pflegerin vereinbart, dass sie nur noch jeden zweiten Tag zu Liesa kommen soll. Nun, ich weiß, es war eine falsche Entscheidung.

War die Pflegerin nicht da, legte ich am Abend die vorgeschriebenen Medikamente für den nächsten Tag, an dem die Pflegerin nicht kam, in die dafür vorgesehene Tablettenbox und am nächsten Abend kontrollierte ich, ob Liesa sie auch eingenommen hat. Wahrscheinlich hätte ich sehr schnell eine Veränderung an ihrem Verhalten festgestellt, wenn sie die verordneten Medikamente nicht eingenommen hätte. Liesa wirkte in dieser Zeit sehr gut erholt und motiviert. Sie ging sogar wieder alleine einkaufen. Auch machte sie wieder längere Spaziergänge. Und sie traute sich auch wieder, ohne Begleitung mit der S-Bahn in die Stadt zu fahren.

Vorigen Dienstag, es war der Tag, an dem du diese Ines getroffen hast, erzählte mir Liesa am Abend, dass sie einen sehr schönen Nachmittag verbrachte und dass sie Marlies getroffen hat.

Die erste Frage, die ich ihr sehr erschrocken stellte, war: ‚Hast du denn deine Medikamente nicht genommen?‘

Und Liesa antwortete mir beleidigt und fast aggressiv: ‚Ist das so wichtig?‘

Natürlich merkte ich sofort, sie hatte einen Rückfall, das war eindeutig. Später habe ich auch festgestellt, dass sie ihre Medikamente nicht eingenommen hatte.

Nach diesem kurzen Gespräch, das mich sehr schockiert hat, habe ich mit Liesa an diesem Abend nicht mehr über den Nachmittag gesprochen. Sie wirkte sehr müde und abwesend. Wenn ich sie erinnert hätte, dass ihre Schwester schon vor einem Jahr verstorben war, wäre sie aggressiv geworden. Diese Erfahrung habe ich leider schon sehr oft gemacht. Sie hätte mich nicht das erste Mal einen Lügner geschimpft.

Sie wollte einfach den Tod ihrer Schwester nicht akzeptieren. Ihr ganzes Denken war nur auf sie konzentriert.

Ich habe noch am selben Abend die Pflegerin angerufen und sie gebeten, dass sie Liesa wieder täglich betreuen soll.

So und jetzt weißt du, wie es mir in letzter Zeit ergangen ist. Aber wir müssen uns deswegen nicht den ganzen Abend verderben lassen. Was meinst du, sollen wir noch ein Glas Wein trinken?“

„Ja, gerne, aber ich möchte nicht mehr lange bleiben. Diese Krankheitsgeschichte von deiner Frau, die du mir so eben erzählt hast, geht mir sehr nahe“, gesteht Peter.

„Heute Abend hat Liesa, bevor du gekommen bist, ein leichtes Aufputschmittel zusätzlich zu ihren üblichen Medikamenten eingenommen. So wirkte sie bei der Begrüßung und eine halbe Stunde danach sehr ausgeglichen. Natürlich hoffte ich, dass die Wirkung dieses Medikaments länger anhält“, erklärt ihm noch Bernhard.

„Das konnte ich natürlich nicht wissen.

Was meinte eigentlich deine Frau vorhin beim Essen, als sie zu dir sagte: ‚Du weißt, warum!'", will Peter noch wissen.

Bernhard erläutert ihm auch das: „Weil Liesa und ich wissen, wenn sie auf einmal zu viel Nahrung zu sich nimmt, geht es ihr nicht gut. Deswegen ist sie mit dem Essen sehr vorsichtig. Und Alkohol kann sie bei den vielen Medikamenten, die sie einnimmt, sowieso nicht konsumieren. Schon die kleinste Menge davon kann sich bei ihr sehr negativ auswirken."

„Jetzt wird mir einiges klar", räumt Peter ein, „du, ich glaube, deine Frau kann nicht gut schlafen? Hörst du auch diese Geräusche? Sie klingen so, als wenn jemand eine Kastentür auf- und zuschlagen würde."

Bernhard kann nicht mehr antworten. Denn plötzlich öffnet sich die Tür vom Nebenzimmer ganz langsam und –

INES

steht im Türrahmen des Speisezimmers.

Blondes halblanges Haar, die Lippen grell geschminkt. Sie trägt eine hellgrüne Bluse, den bekannten weißen neuen Rock, grüne Stöckelschuhe und eine hellgrüne Handtasche.

Peter springt in die Höhe. Sein Sessel kippt nach hinter und Peters Stimme überschlägt sich: „Ines, wo kommen sie auf einmal her?"

Bernhard ist kreidebleich im Gesicht: „Liesa, warum verkleidest du dich und warum siehst du genauso aus wie Marlies, deine verstorbene Schwester? Warum machst du das?"

Ines reagiert nicht auf Bernhard. Sie geht sehr langsam bis zum Rand des Esstisches und bleibt dicht davor, mit einem maskenhaften Gesichtsausdruck, stehen. Jetzt sieht sie Peter wehmütig in die Augen Und spricht mit leiser und ernster Stimme zu ihm: „Guten Abend, Peter, wie geht es Ihnen? Ich glaube, wir haben uns schon sehr lange nicht mehr gesehen!“

Peter wendet sich kurz zu Bernhard, dann antwortet er ihr in einem aggressiven Tonfall: „Sehr schlecht geht es mir und ich bin mehr als überrascht und auch enttäuscht von ihnen. Wo waren sie, was haben sie in der letzten Woche gemacht und was machen sie um alles in der Welt in Bernhards Haus?“

Ines antwortet ihm geduldig: „Mich hat niemand hereingelassen, denn ich gehöre hierher und ich war schon immer hier!“

Peter schaut Hilfe suchend zu Bernhard, der allerdings auf Ines starrt.

Ines fährt langsam fort: „Sie sollen wissen, dass ich diese zwei Stunden in dem Café, das wir gemeinsam besuchten, nie vergessen werde. Ich spürte, dass ein Gefühl in dieser kurzen Zeit in mir zu ihnen entstanden ist, das ich schon sehr lange nicht mehr in mir fühlte. Bitte verzeihen sie mein Verhalten danach. Ich bin ihnen noch etwas schuldig, den neuen Rock, den ich trage, und die Reinigungskosten für meinen verschmutzten Rock!“

Peter kann nicht mehr ruhig bleiben: „Nichts sind sie mir schuldig, gar nichts, ich möchte nur wissen, wo sie die ganze letzte Woche gewesen sind und warum sie mir eine falsche Telefonnummer gegeben haben, die ich so oft vergeblich angerufen habe. Inzwischen habe ich erfahren, dass es die Nummer von einem Friseursalon ist!“

„Ich weiß nicht mehr, warum ich ihnen diese Telefonnummer gegeben habe. Wahrscheinlich dachte ich, dass es die richtige ist“, gibt sie zu.

Peter lässt nicht locker: „Und warum stellten sie sich unter dem Namen Ines Holden vor? Können sie sich überhaupt vorstellen, was in dieser einen Woche in mir vorgegangen ist?"

Nach einer längeren Pause beginnt sie erneut: „Nein, ich kann es nicht. Ich denke sehr oft an meine Mutter, die Ines Holden hieß, aber ich weiß nicht, warum ich mich ihnen unter diesen Namen vorgestellt habe. Ich kann es mir nicht erklären.

Als ich ihnen meine angebliche Telefonnummer sagte, merkte ich gar nicht, dass es die Telefonnummer von einem Friseursalon ist.

Es hätte auch eine andere Telefonnummer sein können … irgendeine.

Sie haben nicht bemerkt, wie verwirrt ich war.

Sie hatten in mir etwas aufgewühlt, ein Gefühl, das ich bisher nicht kannte.

Als wir uns nach dem Verabschieden noch einmal zuwinkten, war in mir nur ein Gedanke: ‚Nur schnell nach Hause.' Ich hatte auch überhaupt kein Interesse mehr, mir Auslagen anzuschauen."

Inzwischen ist Bernhard aufgestanden und geht um den Tisch herum zu Ines.

Mit einer sehr leisen Stimme spricht sie weiter zu Peter: „Bitte verzeihen sie mein Verhalten und seien sie mir bitte nicht böse und denken Sie bitte nicht schlecht von mir. Aber es ist etwas in mir geschehen, dass ich ihnen nicht erklären kann.

Mein Name ist Marlies und ich möchte auch weiterhin Marlies bleiben. Aber für sie werde ich immer Ines sein.

Ich habe am Freitag das Maklerbüro von einer Telefonzelle angerufen und nach ihnen verlangt. Jetzt, in diesem Augenblick weiß ich es wieder. Sie waren in meiner Erinnerung. Ich wollte sie sprechen. Als ich den Hörer wieder auflegte, fragte ich mich: ‚Wen habe ich gerade angerufen?' Ich fand aber keine Antwort darauf. Ich hatte meine Gedanken wieder verloren!"

Bernhard nimmt die Hand von Ines, die nun Peter mit Tränen in den Augen ansieht: „Ich muss mich wieder verabschieden, denn ich bin sehr müde. Ich wünsche ihnen alles Gute und ich hoffe, Sie können mir verzeihen!

Ich weiß, sie sind ein wunderbarer Mensch und ich werde sie nie vergessen. Die zwei Stunden im Café, in dem wir uns gegenübersaßen und der liebevolle Abschied von ihnen wird mir immer in Erinnerung bleiben. Mehr kann ich ihnen nicht sagen. Ich kann nicht mehr klar denken, meine Gedanken sind irgendwo!"

Mit tränenerstickter Stimme sagt Ines kaum noch hörbar: „So schön wäre das Leben von Ines mit PETER gewesen. Ich wünsche ihnen ein glückliches und sorgenfreies Leben!"

Bernhard drängt Ines mit sanfter Gewalt in das Zimmer, aus dem sie vor ein paar Minuten gekommen war. Er wendet sich zu Peter: „Ich komme gleich wieder. Ich bringe *meine Frau* ins Schlafzimmer zurück. Sie braucht jetzt unbedingt Ruhe!"

Peter hätte sich vor Aufregung fast auf den umgekippten Stuhl gesetzt. Er stellt den Stuhl wieder auf und nimmt Platz. Tausend Gedanken schwirren durch seinen Kopf: „Ich halte diese nervliche Belastung nicht mehr aus. Vielleicht wäre es besser, wenn ich, ohne mich zu verabschieden, nach Hause gehe."

Peter hört vom Nebenzimmer lautes Reden, das sich wie ein Streit anhört.

Den vorwurfsvollen Ton in Bernhards Stimme vernimmt er vom anderen Zimmer: „Liesa, was soll diese Maskerade, warum kleidest du dich auf einmal genauso wie deine verstorbene Schwester Marlies? Warum trägst du ihre blonde Perücke, die sie ganz selten trug. Was sollte dieses Theater eben im Esszimmer?"

Ines kann er kaum verstehen: „Ich bin nicht deine Frau Liesa, ich bin Marlies, deine Schwägerin. Und warum ich mich Peter mit dem Namen meiner Mutter vorgestellt habe, weiß ich nicht mehr. Ich denke sehr oft an sie. Ich sagte es vorhin schon. Aber ich möchte jetzt nicht mehr sprechen!"

Bernhard meint nur noch zu Liesa: „Ich bin fassungslos. Dir ist hoffentlich bewusst, dass du wieder für längere Zeit in ein Krankenhaus musst. Du bist so verwirrt, dass du nicht einmal mehr weißt, wer du bist. Ich gebe dir jetzt ein stärkeres Schlafmittel und morgen sehen wir weiter."

Die nächsten Worte von Bernhard sind nicht mehr zu verstehen. Bernhard kommt wieder in das Speisezimmer zurück.

Peter ist außer sich und schreit ihn an: „Bernhard, was wird hier gespielt? Ich bin total überfordert, ich begreife das alles nicht. Was geht hier vor?"

Bernhard ist auch sehr erregt: „Bitte setz dich!"

Beide setzen sich, Peter allerdings nur sehr widerwillig.

Bernhard gibt ihm zu verstehen: „Ines ist eine ***Illusion***. Sie entstand aus einer Verwandlung von Liesa in die Person ihrer verstorbenen Schwester Marlies und in dieser Person hat sie sich dir als Ines Holden vorgestellt. Meine Frau hat es dir ja vorhin gesagt.

Über die Krankheit von Liesa habe ich dir inzwischen sehr ausführlich berichtet. Erinnerst du dich, als du mir am Dienstag vor einer Woche von deinem Treffen mit Ines erzählt hast?"

Peter atmet schwer: „Natürlich, sehr genau sogar!"

Bernhard erzählt weiter: „Du hast eine hübsche blonde Frau wegen einem kleinen roten Fleck, der sich auf Rückseite ihres Rockes befand, angesprochen.

Nach einer relativ kurzen Unterhaltung vor einem Café verlor sie für ein paar Sekunden das Bewusstsein. Nachdem es ihr wieder besser ging, erzählte sie dir in diesem Café einen Teil von ihrer Vergangenheit. Zum Beispiel, dass sie bei einer Bank arbeitet und dass sie eine Schwester mit dem Namen Elisabeth hat.

Sie erzählte dir auch, dass sie seit einem Jahr geschieden ist. Sie reagierte aggressiv, als du ihr erzähltest, dass du einen Sohn hast. Marlies, die Schwester von meiner Frau Liesa, hatte einen Sohn namens Oskar. Und dieser Sohn ist mit acht Jahren gestorben."

Peter erinnert sich: „Das weiß ich schon von Alex."

Bernhard ergreift wieder das Wort: „Ein betrunkener Autofahrer hat den Kleinen am Gehsteig angefahren und tödlich verletzt.

Marlies war in dieser Zeit kaum ansprechbar.

Ihr Mann schien wenig Trauer über den Tod seines Sohnes zu empfinden. Anstatt seine Frau in dieser schweren Zeit beizustehen und sie zu trösten, ließ er sie sehr oft alleine. Sein einziges Interesse galt seiner maroden Elektrofirma.

Das glaubte Marlies.

Die Sorgen seiner verzweifelten Frau interessierten ihn überhaupt nicht mehr. Wir wussten nicht, was in ihm vorging, aber so eine Gefühlskälte kann nur ein sehr kaltschnäuziger Mensch haben.

Ich wollte nie einen Kontakt zu ihm. Und dass ich eine sehr gute Menschenkenntnis habe und ihn richtig einschätzte, ließ ich ihn schon bei unserer ersten Begegnung sehr deutlich spüren. Er hat meine Distanz zu ihm einfach hingenommen.

Wenn ich mich so zurückerinnere.

Liesa und Marlies unternahmen mit Klein Oskar, wie sie ihn nannten, sehr viel gemeinsam und Liesa benahm sich sehr oft so, als sei *sie* die Mutter von ihm.

Ein Jahr nach dem Tod von Klein Oskar fand Marlies auf dem Wohnzimmertisch einen kleinen unsauberen Zettel, geschrieben von ihrem Mann. Dort teilte er ihr mit, dass er nicht mehr mit ihr zusammenleben will und die Ehegemeinschaft beendet. Er wird mit einer anderen Frau ein neues Leben beginnen und nicht mehr in die gemeinsame Wohnung zurückkehren.

Liesa erzählte mir sehr oft von den vorangegangenen Streitereien zwischen Marlies und ihren Mann. Vor allem seinen unberechtigten Vorwürfen, die Marlies ertragen musste. Angeblich unterstellte er ihr Mitschuld an der schlechten Auftragslage seiner Elektrofirma.

Ein paar Wochen nach dieser Mitteilung von ihrem Mann bekam Marlies einen Brief von einem Rechtsanwalt. Er teilte ihr mit, dass ihr Mann die Scheidung eingereicht hat. Auch der Scheidungstermin bei Gericht war in diesem Schreiben schon angeführt.

Marlies durchlebte danach eine schreckliche Zeit. Wie mir Liesa berichtete, war ihr Lebenswille gebrochen.

Am Tag der Scheidung begleitete Liesa ihre Schwester zum genannten Termin.

Vor dem Gericht wartete der Rechtsanwalt, den Liesa engagiert hatte. Marlies wäre nicht in der Lage dazu gewesen, sich um die Vertretung eines Anwaltes zu kümmern. Gemeinsam gingen Marlies, Liesa und der Rechtsanwalt zum Gerichtssaal im ersten Stock.

Vor dem Gerichtssaal trafen sie auf Malink. Typisch für seinen miesen Charakter, ätzte er auch noch gegen Marlies: „Du hast aber auch schon einmal besser ausgesehen!“

Liesa erzählte mir dann zu Hause, dass ein Mann, der unmittelbar neben ihnen stand, sie mit Mühe zurückhalten musste, denn sonst hätte sie in ihrer aufsteigenden Wut, diesen Malink noch tätlich angegriffen.

Marlies ließ die Verhandlung emotionslos über sich ergehen. Nachdem ihr Rechtsanwalt dem Richter in kurzen Worten die Sachlage vortrug, bestand kein Zweifel am Urteil. Malink wurde natürlich schuldig geschieden.

Trotzdem wurden die Depressionen von Marlies nach der Scheidung immer stärker. Und ein paar Tage nach der Scheidung hat sie sich dann das Leben genommen."

Insgeheim denkt sich Peter: „Diese traurige Geschichte hat mir heute schon Alex am Telefon erzählt."

Bernhard geht noch weiter: „Malink hat sich nicht nur schuldig an der Trennung von seiner Frau, sondern auch an ihrem Tod gemacht. Sie konnte diese Demütigung, von ihrem Mann, den sie einmal sehr liebte, verlassen zu werden, nicht mehr ertragen. Und natürlich hat er, wenn auch indirekt wesentlich zum schlechten Gesundheitszustand von meiner Frau Liesa, beigetragen.

Seit dem Tod von Marlies behandelte mich Liesa sehr oft wie einen Fremden. Manchmal war sie völlig grundlos streitsüchtig und aggressiv, dann wieder total apathisch. Wenn es überhaupt möglich war, mit ihr ein sachliches Gespräch zu führen, landeten wir, wie schon so oft, nach ein paar Sätzen wieder nur bei einem Thema – *Marlies*.

Als du vorigen Dienstag diese Frau angesprochen hast, konntest du natürlich nicht wissen, dass sie nicht die Person ist, die sich dir vorstellte.

Und sie erinnert sich, wenn auch nur kurzfristig, dass ihr das Gebäude, in dem sich unser Büro befindet, bekannt vorkam.

Und ich war in unserem Büro, im 2. Stock und hatte keine Ahnung, was vor unserer Haustüre vor sich geht.

Du lerntest eine Frau kennen, die einer Bekanntschaft nicht abgeneigt war. So deine Meinung. Wie solltest du es auch besser wissen?

Als du mir von dieser Begegnung mit Ines erzählt hast, erhöhte sich mein Puls gewaltig. Einige Punkte in deiner Erzählung trafen nämlich genau auf die Vergangenheit von Marlies, meiner verstorbenen Schwägerin, zu.

Diese Ines hat dir gesagt, dass sie eine Schwester namens Elisabeth hat. Meine Frau heißt mit vollem Vornamen Elisabeth, aber ich hab sie immer LIESA genannt. Mit dem Namen Elisabeth habe ich sie nie angesprochen.

Es fanden sich bei deiner Erzählung so viele Übereinstimmungen mit der Geschichte von Ines und meiner verstorbenen Schwägerin Marlies, die mich total verwirrten und verunsicherten.

War es Liesa, meine Frau, die sich dir unter dem Namen Ines Holden vorstellte?

Das waren meine ersten Gedanken.

Hat sie sich vorigen Dienstag elegant gekleidet und ist als überaus hübsche blonde Frau mit der S-Bahn in die Stadt gefahren?"

Peter versinkt immer tiefer in seinem Sessel. Peter wirkt aufgedreht und gereizt: „Ich glaube, ich stehe das nicht durch. Was wirst du mir noch alles erzählen? Ich möchte endlich Klarheit!"

Bernhard versucht zu beschwichtigen: „Beruhige dich bitte und höre mir zu! Marlies, die Schwester meiner Frau Liesa, hat in einer Bank gearbeitet, das ist richtig, aber nicht unter dem Namen Ines Holden, sondern als Marlies Malink, wie sie seit ihrer Heirat hieß. Daher deine vergeblichen Anfragen im Krankenhaus und bei verschiedenen Banken.

Marlies hat bis zu ihrem Tod in ihrer Eigentumswohnung gelebt. Diese Wohnung hat Liesa als ihre Alleinerbin verkauft.

Den Namen Ines Holden konnte ich bei deiner Erzählung am vorigen Dienstag deswegen nicht gleich zuordnen, weil dieser Name in unserer Familie nie erwähnt wurde. Warum auch? Aber so ganz fremd war er mir auch wieder nicht."

Peter erinnerte sich: „Woher der Name Ines Holden ursprünglich stammt, weiß ich auch schon von Alex."

Bernhard spricht aber schon weiter: „Und was den vermeintlichen roten Blutfleck auf diesem weißen Rock betrifft, der eigentliche Verursacher deines Kennenlernens mit dieser Frau namens Ines Holden. Und der sich dann in der Kleiderreinigung als ein kleiner Rest von einem roten Nagellack herausstellte, ist einfach erklärt. Dieser kleine rote, vermeintliche Blutfleck auf diesem weißen Rock, wurde von Liesa beim Anziehen einfach übersehen. Logischerweise hätte sie den Rock nicht angezogen, wenn sie diesen kleinen Fleck bemerkt hätte.

So erkläre ich mir das Ganze.

Deswegen bin ich, erinnere dich, nach deiner Erzählung vorigen Dienstag am späten Nachmittag spontan in mein Büro gegangen, weil ich etwas geahnt habe. Ich habe Liesa angerufen. Sie war zu Hause. Auf meine Frage, wie es ihr geht, antwortete sie mir: ‚Sehr gut. Ich war in der Stadt und habe mir Auslagen angeschaut!'

Vorwurfsvoll sagte ich zu ihr: ‚Weißt du noch, was wir am Vormittag zu Hause besprochen haben? Wir haben ausgemacht, dass du mich um 17 Uhr vom Büro abholst und dass wir zusammen essen gehen!'

Und die Antwort von Liesa war nur: ‚Daran kann ich mich überhaupt nicht erinnern!'

Auch weiß ich noch, dass ich sie um 14 Uhr kurz anrief. Ich mache öfter solche Kontrollanrufe, nur um zu wissen, wie es ihr geht und was sie gerade macht.

Sie antwortete mir: ‚Ich schaue mir die Auslagen an!'

Keine Silbe darüber, dass sie sich in der Nähe unseres Maklerbüros befindet."

Peter überlegt: „Aber wieso konnte sie mit Bernhard als seine Frau am Telefon sprechen, wenn sie zu diesen Zeitpunkt schon in ihre Rolle Ines Holden geschlüpft war?

Ich habe gesehen, dass sie telefonierte, bevor ich sie ansprach. Aber mit wem sie sprach, das konnte ich natürlich nicht hören."

Bernhard erklärt unbeirrt weiter: „Diese Frau Holden geht mit diesem fremden Mann in ein Café und sie erzählt, wie schon erwähnt, Geschichten aus ihrer Vergangenheit.

Nach dem Cafébesuch gehen beide in ein Modegeschäft und sie lässt sich von diesem Mann einen weißen Rock kaufen", Bernhard schüttelt mit dem Kopf: „es war Liesa, meine Frau, die sich in die Person von ihrer verstorbenen Schwester Marlies so hineinlebte, dass sie als diese Person, aber unter einem anderen Namen auftrat.

Und Liesa konnte sich bei unserem Telefongespräch um 17 Uhr nicht mehr an die letzten Stunden erinnern. Nur Marlies schwirrte wieder in ihren Kopf herum. Sie erinnerte sich weder an die Bekanntschaft mit einem fremden Mann noch an den Termin um 17 Uhr mit mir."

Peter ist sehr aufgebracht: „Es wäre besser gewesen, du hättest offen mit mir darüber geredet und deinen Verdacht, dass es sich bei dieser Frau Holden wahrscheinlich um deine Frau Liesa handelt, mit mir besprochen und ich hätte mich nicht sieben Tage lang damit gequält. Das wäre richtig gewesen!"

„Du hast recht und dass hätte ich auch getan, wenn ich wirklich felsenfest davon überzeugt gewesen wäre, das du tatsächlich meine Frau kennengelernt hast. Ich versuchte, diesen Gedanken zu verdrängen, denn es bestanden berechtigte Zweifel.

Eigentlich hätte am Dienstagabend das Telefon bei uns zu Hause läuten müssen. Du erzähltest mir am Mittwoch im Büro von deinen mehrmaligen vergeblichen Anrufen. Weil aber am Dienstagabend bei uns zu Hause das Telefon nicht geklingelt hat, konnte es für mich logischerweise auch nicht Liesa gewesen sein, die du kennengelernt hast.

Das hab ich mir so zusammengereimt. Vielleicht hatte ich es auch bloß gehofft.

Vielleicht war es auch gar nicht Liesa, die sich dir als Frau Ines Holden vorstellte.

Das waren meine Gedanken, an die ich mich klammerte.

Vielleicht hast du am Dienstag eine Frau getroffen, die über unsere Familie sehr gut informiert ist.

Das war so ein kleiner Hoffnungsschimmer in mir.

Wir beide wussten zu diesem Zeitpunkt noch nicht, dass dir diese Ines Holden die Telefonnummer vom Friseursalon Christine gegeben hatte. Erst gestern hat dein Freund von der Polizei mit seinem Testanruf herausgefunden, wem diese Telefonnummer gehört.

Frau Pachner erzählte mir auch von dem mysteriösen Anruf am Freitag in unserem Büro, als diese Frau Holden nach dir verlangte.

Wie meine Frau als Ines vorhin sagte, rief sie von einer Telefonzelle aus in unserem Büro an und wollte dich sprechen. Du warst in diesem Moment nur ein kurzes Aufflackern in ihrer Erinnerung an deine Person.

An deine Visitenkarte mit deiner Büro- und Handynummer, die du ihr gegeben hattest, dachte sie nicht, oder sie wusste nicht mehr, dass es diese Karte gibt. Oder sie hat sie womöglich verloren? Aber die Telefonnummer von unserem Maklerbüro kennt sie schon viele Jahre, denn Liesa hat mich natürlich schon oft im Büro angerufen. Vielleicht erinnerte sie sich, in der Person Ines an unsere Firmennummer? Ich weiß es nicht.

Ich weiß auch nicht, was in ihrem kranken Hirn vorgeht.

Für einen kurzen Moment war sie Liesa, meine Frau, und dann wieder die Verwandlung in Marlies, ihre verstorbene Schwester.

Verstehst du jetzt meine berechtigten Zweifel?"

„Ja, so gesehen, schon!", murmelte Peter kleinlaut, „ich erinnere mich noch sehr genau an die Situation, als mir Ines vorigen

Dienstag beim Verabschieden mit einigem Zögern und mit so einem eigenartigen, abwesenden Blick ihre angebliche Telefonnummer gab.

Natürlich dachte ich mir etwas dabei. Aber wie sollte ich in dieser kurzen Zeit der Bekanntschaft ihr merkwürdiges Verhalten deuten?

Ich kannte sie doch erst zwei Stunden und von einer Krankheit konnte ich nichts bemerken. Und diesen kleinen Ohnmachtsanfall hat sie so bagatellisiert, dass ich an nichts Ernstes gedacht habe. Oder vielleicht doch? Angeraten habe ich ihr schon, dass sie zu einem Arzt gehen soll. Es war mir sogar sehr wichtig. Besonders als ich die Medikamentenschachtel gesehen habe, die sie im Café aus ihrer Handtasche gezogen hat und dann nach Einnahme einer grünen Kapsel sehr schnell wieder verschwinden ließ."

„Ich verstehe dich und ich verstehe auch dein Verhalten", holt Bernhard tief Luft, „du konntest natürlich nicht wissen, dass sich in Ines abwechselnd zwei Personen befinden.

Du hast mir erst kürzlich den Namen vom Lebensgefährten deiner geschiedenen Frau genannt: Malink.

Ab diesen Moment wusste ich, dieser mir schon sehr bekannte Malink ist es gewesen, der während seiner Ehe mit Marlies ein Verhältnis zu deiner Frau begann. Und diese Beziehung führte letztlich zur Scheidung zwischen dir und deiner Frau.

Peter denkt sich erleichtert: „Wenn das stimmt, was Alex mir in unserem Telefongespräch andeutete, können wir alle nur froh sein, wenn dieses Subjekt sehr bald für lange Zeit aus dem Verkehr gezogen wird."

„Noch nie in meiner Ehe habe ich meine Frau in so einer Aufmachung gesehen", sagt Bernhard betrübt, „blonde Perücke, grüne Bluse, weißer Rock, grüne Stöckelschuhe und hellgrüne Handtasche. Den weißen Rock hast du ihr gekauft, wie Liesa, in der Person von Ines vorhin sagte."

Peter denkt sich erstaunt: „Als ich Ines kennenlernte, habe ich aber nicht bemerkt, dass sie eine Perücke trägt und vorhin auch nicht."

„Komm mit!", fordert ihn Bernhard auf, „du kannst dich nun überzeugen, dass du vorigen Dienstag nur eine ***Illusion*** erlebt hast!"

Beide Herren stehen auf. Peter ist aufgewühlt. Sie betreten das Schlafzimmer, in das Bernhard seine Frau (als Ines verkleidet) eine halbe Stunde zuvor hineinbegleitet hatte. Sie befinden sich in einem Raum mit diffuser Beleuchtung, vor der schlafenden Frau. Ihr Körper ist bis zum Hals mit einer weichen Decke bedeckt.

Bernhard spricht nervös, aber nicht zu laut zu Peter: „Sieh sie dir genau an, so wirst du *diese Frau*, die hier in der angenommenen Gestalt von Ines liegt, nie mehr sehen, es ist das letzte Mal!"

Bernhard geht einen Schritt nach vorn, tritt ganz dicht an Ines heran. Dann greift er blitzschnell mit seiner rechten Hand in ihre Haare und reißt mit einem festen Ruck die blonde Perücke von ihrem Kopf. Peter ist starr vor Schreck. Vor ihnen liegt Liesa Weber mit ihren kurzen roten Haaren und einem sehr blassen und kranken Gesichtsausdruck. Mit seiner ***Ines*** hat diese Frau fast keine Ähnlichkeit mehr.

Die Aktion von Bernhard hat sie nicht geweckt. Sie schläft tief und fest. Bernhard sieht aus wie eine traurige Figur auf einer Bühne bei dem letzten Akt in einem Theaterstück. Mit schmerzverzerrtem Gesicht beugt er sich über seine Frau und hält die blonde Perücke in der verkrampften Faust.

Bernhard keucht und ringt nach Luft: „Hier liegt der Beweis, dass du eine Ines Holden nie kennengelernt hast. Es war eine ***Illusion***! Meine Frau ***Liesa*** und ***Ines Holden*** sind ein und dieselbe Person."

Peter ist fassungslos, er kann den Anblick der vor ihm liegenden Frau nicht mehr ertragen. Er dreht sich spontan um und geht, fast wäre er dabei gestürzt, wieder ins Speisezimmer zurück. Bernhard folgt ihm. Die blonde Perücke hat er in dem Raum, in dem nun Frau Weber schläft, fallen lassen.

Beide Männer sehen sich in die Augen.

Peter kann es immer noch nicht fassen: „Mir fehlen die Worte, was ist das für eine Tragödie, die ich hier erleben muss?

Ich möchte nach Hause gehen. Ich bin am Ende, ich möchte alleine sein.

Alles, was ich in der letzten Woche und besonders heute Abend erlebt habe, muss ich erst mal verarbeiten.

Ich möchte dich nur um eines bitten, unsere Freundschaft soll auf keinen Fall aufgrund dieser außergewöhnlichen Geschichte leiden. Ich habe mich nicht in deine Frau *Liesa* verliebt, sondern in *Ines Holden*, vergiss das bitte nicht!

Ich konnte nicht wissen, dass mir in der letzten Woche nur etwas vorgespielt wurde!"

„Ich kann mir vorstellen, wie verzweifelt und schockiert du bist. Ich kann dir nur wünschen, dass du bald wieder klar denken kannst und Ines, diese *Illusion*, bald vergessen kannst", sagt Bernhard mit hochrotem Kopf, „natürlich werde ich immer dein Freund und Partner sein, das verspreche ich dir. Aber die Probleme, die in nächster Zeit auf mich zukommen, sind sicher die traurigsten Ereignisse in meinem Leben."

Peter wird dagegen schon wieder ruhiger: „Ich weiß nicht, was ich dazu sagen soll, wenn du meine Hilfe brauchst, jederzeit. Aber momentan kann ich nicht klar denken.

Der Abend hat so schön begonnen. Aber dass er so endet … ich danke dir aber sehr herzlich für das hervorragende Essen!"

Peter wirft noch einen sehnsüchtigen Blick zu der geschlossenen Tür, hinter der sich Ines, nein, Frau *Weber* im Tiefschlaf befindet.

Peter ist in Gedanken versunken: „Frau Pachner hatte mit ihrer Prophezeiung recht. Wenn ich von dieser schweren Krankheit von Frau Weber gewusst hätte, wäre ich wahrscheinlich der Einladung von Bernhard und seiner Gattin heute Abend nicht gefolgt, oder vielleicht doch?

Ich konnte ja nicht wissen, was auf mich zukommt. So habe ich wenigstens die ganze Wahrheit über das Geheimnis Ines erfahren!"

Peter steht auf und Bernhard begleitet Peter zur Ausgangstüre. Bernhard verabschiedet sich von Peter: „Wir sehen uns dann morgen. Es wird aber so sein, dass ich Liesa nach diesem heutigen Vorfall morgen Vormittag wieder ins Krankenhaus bringen werde. Es geht nicht anders. Wahrscheinlich werde ich erst gegen Mittag ins Büro kommen. Nur damit du Bescheid weißt."

Sie geben sich die Hand und Peter zeigt sich verständnisvoll: „Für dich wird es bestimmt ein sehr anstrengender und aufregender Tag. Und natürlich ganz besonders für deine Frau. Ich wünsche dir alles Gute!"

„Danke für dein Mitgefühl. Das ist jetzt auch nicht einfach für dich", meint Bernhard, „komm gut nach Hause! Und es tut mir sehr leid, dass der heutige Abend ein so tragisches Ende genommen hat!"

Peter geht wie ein Traumwandler nach Hause, er ist nicht mehr fähig einen klaren Gedanken zu fassen.

Er erinnert sich: „Bevor Frau Weber das Essen servierte, meinte sie noch: ‚Lasst euch das Essen gut schmecken und zum Nachtisch gibt es noch eine Überraschung!‘

Sie sollte recht behalten, es ist ihr eine ganz besondere Überraschung gelungen. Aber nicht so eine, wie ich sie mir vorgestellt hatte."

Am nächsten Tag,

Mittwoch um 9.30 Uhr

Peter befindet sich nach einer schlaflosen Nacht wieder in seinem Büro undFrau Pachner serviert ihm wie immer einen Kaffee.

Frau Pachner legt die Hand auf seine Schulter: „Sie brauchen mir nichts erzählen. Ich hatte vor einer Stunde mit Bernhard ein längeres Telefongespräch. Er erzählte mir sehr ausführlich von eurem gestrigen Abend.

Er hat mich vom Krankenhaus angerufen. Seine Frau ist unfähig, sich normal auszudrücken. Sie ist total verwirrt und sie lebt in ihrer eigenen Gedankenwelt.

Bernhard wusste aber schon, dass seine Frau auf alle Fälle stationär aufgenommen wird. Wahrscheinlich wird er erst am späten Nachmittag ins Büro kommen.

Das, was sie die ganze vorige Woche und besonders gestern Abend erleben mussten, tut mir sehr leid. Wenn ich irgendetwas für Sie tun kann, dann sagen Sie es mir bitte.

Und wenn Sie sich an meinen Anruf am Freitag zu Mittag bei Ihnen zu Hause erinnern.

Meine Vermutung war richtig. Es war Frau Weber, die in unserem Büro anrief. Dass sie sich in der Person von dieser Ines kurzfristig befand, konnte ich natürlich nicht wissen.

Sie möchten übrigens noch bei der Polizei anrufen, ein Herr Kommissar Händler möchte Sie sprechen!“

„Danke, ich rufe ihn gleich an!", meint Peter erleichtert, und … danke für ihr Mitgefühl, Sie sind sehr nett, ich weiß das sehr zu schätzen!"

Frau Pachner lächelt ihn zufrieden an: „Sie sind ja auch immer sehr nett zu mir!" und damit geht sie wieder in ihr Büro.

„Mir ist schon klar, warum Frau Pachner so gut aufgelegt ist", kombiniert Peter, „jetzt hat sie Bernhard für eine längere Zeit für sich alleine."

Peter wählt die Nummer von Alex: „Händler hier!"„Guten Morgen Alex, ich soll dich anrufen!", meint Peter knapp.

„Schönen guten Morgen Peter, wir hatten ausgemacht, wenn es Neuigkeiten in deinem Fall gibt, dann rufe ich dich an!", beginnt Alex seine Rede.

„Danke, ich bin gespannt!"

Alex fährt fort: „Gestern Abend, kurz nach unserem Telefongespräch, haben wir *Oskar Malink* verhaftet und zwar in dem Reihenhaus, von dem du der Besitzer bist.

Ich möchte dir nicht im Detail den Ablauf dieser Polizeiaktion schildern. Aber nur so viel, dass deine Ex-Frau bei dieser Amtshandlung am Rande eines Nervenzusammenbruchs war.

Da sich viele Delikte im Laufe der letzten Jahre bei diesem Malink angehäuft haben, ergibt sich zusammengezählt daraus sicher ein Gefängnisaufenthalt von mindestens fünf Jahren!"

Peter ist perplex, aber doch auch sehr freudig überrascht: „Danke Alex, du wirst es nicht glauben, aber ich freue mich sehr über diese Nachricht!"

„Ich kann dich sehr gut verstehen.

Übrigens, wenn du willst, können wir uns in den nächsten Tagen einmal in einem gemütlichen Lokal treffen.

Alte Freunde haben sich immer viel zu erzählen. Dann können wir uns auch über den Fall Ines Holden noch einmal ausführlich unterhalten", schlägt Alex vor.

„Sehr gerne Alex, du kannst den Termin bestimmen, wann immer du Zeit hast. Und ich lade dich selbstverständlich ein", wird Peter gleich konkret, „bei unserem Treffen werde ich dir dann über die Illusion Ines Holden berichten. Unternehmen brauchst du bitte nichts mehr! Aber du wirst über den Ausgang der Geschichte sehr überrascht sein. Ich danke dir sehr für dein Engagement!"

„Gerne, ich bin schon sehr neugierig, was du mir erzählen wirst. Ich melde mich in Kürze. Auf Wiedersehen!", und damit legt Alex auf.

Peter setzt sich in seinen Computersessel und rekapituliert noch mal den gestrigen Abend für sich: „Die letzte Woche und speziell den gestrigen Abend kann ich nicht so schnell verarbeiten, ich muss mir selbst noch einige Zeit geben, um darüber hinwegzukommen. Es ist nicht einfach, einen lieben Menschen zu vergessen, wenn er auch nur eine *Illusion* gewesen ist."

Frau Pachner öffnet die Türe von Peters Büro: „Herr Part, Ihre Gattin, pardon, ihre Ex-Gattin hat soeben angerufen. Ihr Anruf wurde auf mein Telefon umgeleitet, weil ihre Nummer besetzt war. Sie bittet dringend um einen Rückruf …!"

Peter kann sich den Grund für ihren Anrufs schon denken und seufzt tief: „Danke, Frau Pachner!"

Er redet mit sich: „Eigentlich bin ich gar nicht überrascht. Maria weiß ja nicht, dass ich über die Verhaftung von diesem Malink schon informiert bin. Ich nehme an, sie möchte mit mir darüber reden. Ich kann mich erinnern, in unserer Ehe war es immer schon so. Wenn sie mit einem Problem nicht fertigwurde, spielte sie das hilflose Frauchen, das sich Schutz suchend an meine Schulter lehnte.

Zumindest in der Zeit, wo wir noch glücklich verheiratet waren.

Ich lasse mir mit meinem Rückruf noch etwas Zeit. Aber wie lange? Natürlich bin ich sehr neugierig, was mir Maria nach einem Jahr des Schweigens zu sagen hat. Natürlich befindet sie sich in einem Ausnahmezustand, der für sie nicht vorauszusehen war.

Soll ich sie jetzt ihr *Leben leben lassen*, so wie sie es mir am Tag der Scheidung im Gerichtssaal zurief?

Sie hat in der Zeit vor und nach unserer Scheidung von diesem Malink nur Lügengeschichten gehört, deren Wahrheitsgehalt sie kaum hinterfragte, sondern die sie sehr gerne hörte und die sie so sehr beeinflussten, dass sie nicht mehr mit mir zusammenleben wollte."

Frau Pachner öffnet ihre Bürotür und ruft über dne Flur: „Herr Part, ich soll Ihnen von Bernhard ausrichten, dass er heute nicht mehr ins Büro kommen wird. Es gibt noch so viel zu erledigen.

Schöne Grüße und er ruft Sie am Abend zu Hause an!"

„Danke, hat Bernhard sonst noch etwas über den gesundheitlichen Zustand seiner Frau gesagt", will Peter wissen.

„Nein, aber er wirkte sehr hektisch. Aber heute Abend oder spätestens morgen wissen wir mehr!"

Peter hat Maria doch angerufen. Und noch am selben Nachmittag trafen sie sich in seinem Reihenhaus. Peter und Maria sitzen sich dort im Wohnzimmer nun gegenüber.

Peter hat Maria, ohne sie zu umarmen, nur mit einem „Guten Tag, Maria!" begrüßt.

Mit Tränen in den Augen begrüßt auch Maria ihn zaghaft: „Hallo Peter! Danke, dass du gekommen bist. Es tut mir alles so leid!" Sie erzählt von der Verhaftung des Oskar Malink.

„Ich habe Maria wesentlich jünger und attraktiver in Erinnerung. Kann man sich in einem Jahr so verändern?", ist Peter sichtlich erschrocken über ihr Erscheinungsbild, „sie kann mir nicht in die Augen schauen und irgendwie wirkt sie in ihren Bewegungen sehr phlegmatisch auf mich.

Sie war in den letzten Wochen, wenn nicht Monaten durch diesen Malink einer sehr starken psychischen Belastung ausgesetzt. Das merkt man ihr an. Wahrscheinlich folgte in letzter Zeit eine Enttäuschung auf die andere."

Maria erzählt über die vielen Charakterschwächen dieser schillernden Figur Malink, die sich aber erst so nach und nach herausstellten. Und er erst nach einigen Monaten des Zusammenlebens zeigte er sein wahres Gesicht. Und dass sie es bitter bereut, mit diesem Menschen ein Verhältnis begonnen zu haben und ihre harmonische Ehe deshalb aufs Spiel gesetzt hat.

Peter erwähnte aber nicht, dass er von seinem Freund Alex bereits informiert war.

Die Überweisung einer relativ hohen Geldsumme, die sie am Vortag auf das Konto von Malink angewiesen hatte, konnte ihre Bank auf ihren Antrag gerade noch stoppen.

Nach vielen Vorwürfen von Peter und Versprechungen von Maria, die immer wieder von ihren Weinkrämpfen unterbrochen wurden, versöhnten sie sich und versprachen sich gegenseitig, dass sie ein neues, gemeinsames Leben beginnen wollen.

Dies geschah zur ganz besonderen Freude ihres Sohnes Jürgen, der aber bei dieser Aussprache noch in der Schule war. Er erfuhr erst am Abend von seiner Mutter, dass dieser Malink für immer weg ist und sein Vater wieder zu ihnen zurückkommen wird.

Peter überraschte, dass Maria nicht die geringste Ahnung vom Vorleben dieses Malink hatte.

Sie wusste nicht, dass seine Ehe wegen ihm geschieden wurde. Und sie wusste auch nicht, dass er Mitschuld am Selbstmord seiner geschiedenen Frau trug. Kein Wort über seinen Sohn, der von einem betrunkenen Autofahrer angefahren und tödlich verletzt wurde.

Er erzählte Maria nur, dass er einige Zeit mit einer Frau zusammenlebte und dass er sich wegen Maria von dieser Frau trennte. Sie hatte keine Ahnung vom Konkursverfahren, das gegen seiner Elektrofirma inzwischen eingeleitet wurde. Er erzählte ihr aber sehr oft, dass es vorübergehend einige Probleme mit der Firma gibt.

Von seinen Geldsorgen redete er aber häufig. Und auch von den vielen angeblichen offenen Forderungen an die Kunden. Auf die Frage von Maria, wann sie endlich in sein Haus übersiedeln werden, hatte er immer unzählige Ausreden parat.

„Ich werde Maria keine Silbe von Ines erzählen. Hätte sie sich nicht von mir scheiden lassen, dann wäre ich Ines nie begegnet. Und ich hätte sie auch sicher nicht angesprochen, wenn ich sie vor einem Schaufenster eines Modehauses gesehen hätte.

Und diese nervenaufreibende letzte Woche wäre mir auch erspart geblieben“, überlegt sich Peter.

Peter hat mit Maria beschlossen, dass er in ein paar Tagen wieder zu ihr und natürlich zu Jürgen in das schon einmal gemeinsam bewohnte Reihenhaus einziehen wird.

Zum Vorschlag von Maria, gleich zu bleiben, konnte er sich nicht durchringen. Es war einfach zu viel vorgefallen.

Als Peter am späten Abend nach Hause fährt, quälen ihn viele Gedanken: „Warum freue ich mich nicht so, wie ich mich eigentlich freuen sollte? So oft habe ich mir gewünscht, mit Maria wieder beisammen zu sein. Warum bin ich nicht gleich bei ihr geblieben?

Warum stelle ich mir überhaupt solche Fragen?

Vielleicht habe ich geglaubt, dass ich diese Demütigung, die mir Maria vor einem Jahr angetan hat, besser verkraften kann. Aber die vielen negativen Gedanken, die sich im Laufe eines Jahres in mir angesammelt haben, sind immer noch in mir.

Ich kann sie nicht sofort aus meinen Gedächtnis streichen. Ich weiß, es wird noch dauern.

Oder hat mir vielleicht Ines die Freude an einem glücklichen Familienleben für immer genommen?"

Bernhard meldet sich nach 22 Uhr am Telefon: „Hallo Peter! Nach einer neuerlichen Untersuchung von Liesa und einer Durchsicht der schon bestehenden Befunde von ihrem letzten Krankenhausaufenthalt wurde sie in ein Sanatorium zur Langzeitbehandlung überstellt. Der mir schon bekannte Chefarzt konnte sich über die Dauer des Aufenthaltes noch nicht festlegen."

Peter kommt ins Stocken: „Es tut mir sehr leid, aber ich wünsche dir und besonders deiner Gattin alles Gute. Morgen im Büro werde ich dir etwas ganz Wichtiges mitteilen."

„Ich bin schon sehr neugierig. Wie geht es dir überhaupt nach diesem aufregenden Abend gestern?", will Bernhard wissen.

„Es ist besser, wir lassen noch ein wenig Zeit vergehen, bevor wir wieder über dieses fast unwirkliche Thema reden", meint Peter ergriffen, „ich denke sehr oft an die zwei Stunden vorigen Dienstag, als ich glaubte, eine Frau fürs Leben gefunden zu haben. Und besonders denke ich natürlich an den aufregenden Abend gestern, der für uns beide sehr traurig endete."

„Ich habe vollstes Verständnis. Ich weiß, dieser Abend war eine große Belastung für dein Gefühlsleben. Für meines aber auch", gibt Bernhard zu bedenken.

„Das ist richtig, aber über die wichtige Nachricht, die ich dir vorhin schon angedeutet habe, wirst du mehr als überrascht sein. Ich kann dir jetzt nur berichten, dass meine Zukunft schon wieder in einem etwas rosigeren Licht erscheint", verabschiedet sich Peter vielsagend.

Zwei Wochen sind inzwischen vergangen

Peter und Bernhard unterhalten sich in Bernhards Büro bei einer Tasse Kaffee.

Peter meint rückblickend zu Bernhard: „Ich erzählte dir zwei Tage nach dem für mich unvergesslichen Dienstag bei dir zu Hause von der Versöhnung mit Maria. Auch wie sich Maria verändert hat. Und auch von meinem anfänglichen Zögern, gleich wieder mit ihr zusammenzuleben, so als wäre nichts geschehen.

Schließlich war sie ein Jahr lang verantwortlich für meine zeitweiligen Depressionen. Ich habe mehr unter dieser Trennung mehr gelitten, als du dir vorstellen kannst", und mit trauriger Stimme fügt er hinzu: „Die Erinnerung an Ines hat mich auch nicht so schnell losgelassen und sie hat mich natürlich in meiner Beziehung zu Maria sehr irritiert.

Ich erzählte dir auch sehr ausführlich von der Verhaftung von Oskar Malink. Das war ja der Grund, warum mich Maria noch am selben Tag Hilfe suchend anrief."

Peter merkt, dass Bernhard sich dazu äußern möchte, aber er tut es nicht. Er hört nur sehr interessiert zu.

Peter fährt also fort: „Eine Bitte habe ich an dich. Möchtest du die Tragtasche, in der sich der gereinigte Rock von Ines, pardon von deiner Gattin befindet, mit nach Hause nehmen? Die Tasche steht schon seit 14 Tagen neben meinem Computer. Ich wollte dich aber diesbezüglich nicht ansprechen. Ich weiß aber nicht, warum."

„Ja, das mache ich gerne", willigt Bernhard ein, „irgendwann einmal wird sie ihn sicher wieder tragen.

Ich weiß, du hättest ihn Ines sehr gerne persönlich gegeben, wenn das Schicksal einen anderen Weg genommen hätte. Aber ich freue mich sehr, dass du wieder mit deiner Frau zusammen bist. Wenn du dich auch erst nach ein paar Tagen entschließen konntest, wieder mit ihr zusammenzuziehen. Aber ich verstehe dich. Ich wünsche euch beiden und besonders deinem Sohn Jürgen eine schöne und sorgenfreie Zukunft!"

Peter bedankt sich noch, als Frau Pachner das Büro der beiden Herren auch schon betritt: „Wer möchte noch einen Kaffee? Herr Part, noch ein Tässchen?"

„Nein, danke, ich hatte heute schon zwei Kaffee!", lehnt Peter dankend ab.

„Und *du*, Bernhard?"

„Nein danke, Susanne! Sonst kann ich die halbe Nacht nicht schlafen!", sagt Bernhard.

Frau Pachner lächelt ihm verschmitzt zu: „Okay, Bernhard."

Sie geht mit leicht wiegenden Schritten wieder in Richtung Büro. Als sie schon fast in ihrem Büro angelangt ist, dreht sie sich rasch um und schaut die beiden Herren ernst an.

„Entschuldigen Sie Herr Part, ich möchte Sie nicht drängen, aber darf ich Sie erinnern, dass Sie Herrn Weber und mich schon vor längerer Zeit zu einem Restaurantbesuch eingeladen haben!", meint Frau Pachner überraschend.

Peter wirkt etwas verlegen: „Es tut mir leid, aber ich habe diese Einladung nicht vergessen. Ich habe sie nur wegen der vielen Ereignisse in letzter Zeit verdrängt.

Bernhard und ich haben noch etwas Wichtiges zu besprechen. Aber danach fixieren wir gleich einen Termin für nächste Woche!"

Frau Pachner lächelt nun erleichtert: „Ich freue mich schon sehr, mit zwei netten Herren einen schönen Abend zu verbringen!"

Sie geht in ihr Büro und schließt sehr leise die Türe hinter sich.

Bernhard beugt sich dann zu Peter: „Ich freue mich auch auf einen netten Abend zu dritt. Um auch mal wieder auf andere Gedanken zu kommen.

Und was Susanne betrifft. Es ist sicher kein abwegiges Verhalten, wenn sich ein Mann einer anderen Frau anvertraut und sich ihr auch zuwendet, wenn die Ehe nicht mehr so funktioniert, wie sie sollte. Ein normales Eheverhältnis zwischen Liesa und mir gab es schon lange nicht mehr. Du weißt, was ich meine!"

Bernhard wirft bei diesen Worten einen vielsagenden, verträumten Blick in das Büro von Frau Pachner.

„Ich stimme dir voll und ganz zu", meint Peter verständnisvoll, „jeder Mensch hat das Recht auf ein glückliches und erfülltes Leben mit einem Partner oder mit seiner Familie. Ganz besonders merke ich das, seit ich wieder mit Maria zusammen bin. Ich bin wesentlich ausgeglichener und natürlich auch wieder sehr lebensfroher. Auch wenn dieser Zustand nicht gleich eingetreten ist.

Um aber auf meine Einladung nächste Woche zurückzukommen: Mir ist jeder Tag recht. Was sagst du zu nächsten Mittwoch?"

„Ich bin einverstanden und ich freue mich schon auf einen gemütlichen Abend!"

Nach Bernhards Worten geht Peter ins Büro von Frau Pachner: „Liebe Frau Pachner! Ich lade Sie nächsten Mittwoch zu einem Restaurantbesuch ein. Bernhard ist mit dem Termin schon einverstanden. Was sagen Sie dazu?"

Frau Pachner sieht überrascht aus: „Einen Moment, ich schaue nur kurz auf meinen Terminkalender. Ich sehe, dort ist nichts vorgemerkt. Danke für die Einladung, ich freue mich sehr."

Peter muss schmunzeln: „Wenn sie nicht auf den Terminkalender geschaut hätte, wäre es auf dasselbe herausgekommen. Ich bin mir sicher, dass sie zugesagt hätte. Das war doch nur Show."

Peter kehrt zu Bernhard zurück: „Übrigens, vor ein paar Tagen traf ich meinen Freund Alex in demselben Lokal, wo ich vor über zwei Wochen mit meinen Freunden Manfred und Michael einen netten und feuchtfröhlichen Abend verbracht hatte.

Ich habe ihm von dem mehr als ungewöhnlichen Wiedersehn mit Ines erzählt. Natürlich war er sehr erstaunt.

Er meinte, dass ihm so *ein Fall* in seiner ganzen Laufbahn als Kriminalist noch nicht untergekommen ist. Noch dazu, wo es sich eigentlich gar nicht um einen Kriminalfall handelt, sondern um ein menschliches Schicksal. Da hätten auch verschiedene Nachforschungen und weitere Ermittlungen sicher kein Ergebnis gebracht. So sein Kommentar.

Wir haben uns sehr gut unterhalten. Besonders über unsere gemeinsame Schulzeit. Da gab es so einige Begebenheiten in unserer Erinnerung, die wir nach so vielen Jahren, mit einem leichten Augenzwinkern, nicht mehr so genau kommentieren wollten."

„Schön, wenn man solche Freunde hat!", meint Bernhard anerkennend.

Trotz des wieder gewonnenen, gemeinsamen Familienlebens denkt Peter sehr oft an den Tag zurück, an dem er Ines begegnet ist und an die zwei Stunden, die er mit ihr verbrachte.

Und sehr oft wandern seine Gedanken an den Abend zurück, an dem er bei Bernhard und seiner Frau eingeladen war und „Ines" das letzte Mal gesehen hat.

Peter überlegt: „Was wäre, wenn ich Frau Weber einmal im Sanatorium besuchen würde?

Ich müsste es Bernhard ja nicht erzählen.

Vielleicht würde ich sie in einem Zustand antreffen, in dem sie glaubt, eine andere Person zu sein. Vielleicht die Person Ines? Wie würde ich dann reagieren, wenn ich Ines wiedersehen könnte? Aber ohne blonde Haare und mit dem Aussehen von Liesa, der Gattin von Bernhard?

Nein, das wäre nicht *die Ines* in meiner Erinnerung und nicht die Ines, in die ich mich verliebt habe.

Ach, das sind alles nur Hirngespinste. Ich muss mich bemühen, solche Gedanken in Zukunft zu verdrängen. Ich habe meine Maria wieder und ich werde mich auch ganz bestimmt nicht mehr in eine andere Frau verlieben."

Knapp drei Wochen nach dem ersten Treffen mit dem Architekten Schaller meldete sich seine Sekretärin bei Peter am Telefon. Ein Besuchstermin im Stadtbüro von Herrn Schaller wurde vereinbart.

Nach ein paar Tagen sitzen sich die beiden Herren im Büro des Architekten gegenüber.

„Ich will nicht lange herumreden. Wie Sie schon längst wissen, werde ich meine Villa, die Sie bereits kennen, verkaufen und ich beauftrage Sie mit dem Verkauf dieses Objektes!"

„Ich danke Ihnen für ihr Vertrauen und ich werde mich sehr bemühen, baldmöglichst einen Käufer für dieses schöne Anwesen zu finden!", versichert ihm Peter.

„Über den Verkaufspreis können wir nächste Woche reden, dann habe ich ein genaues Schätzgutachten vorliegen", erklärt ihm Herr Schaller, „ich habe nämlich eine kleine Finca in Spanien am Meer erworben. Dort werden meine Frau und ich in Zukunft wohnen. Das angenehme Klima wird meiner Frau besonders guttun. Seit ihrer Querschnittslähmung vor 2 Jahren, die Folge eines Autounfalls war, haben die Ärzte für ihre Rehabilitation alles nur erdenklich Mögliche getan, aber leider bleibt die Lähmung für immer. Man kann nur die Lebensumstände verbessern. Und das habe ich eben mit diesem Wohnortwechsel vor. Mein Büro, in dem wir uns gerade befinden, ist schon ab nächsten Monat vermietet."

„Ich wünsche Ihnen und ihrer Gattin alles Gute und nur das Beste für die Zukunft", meint Peter aufrichtig, „wenn Sie mir nächste Woche den gewünschten Preis für ihre Villa nennen, werde ich Sie selbstverständlich ständig über die Verkaufsgespräche mit den Interessenten auf dem Laufenden halten."

„Danke, genauso stelle ich mir das auch vor!", schlägt Herr Schaller begeistert in die Hand von Peter ein, „übrigens ist mir inzwischen eingefallen, wo ich ihren Namen schon einmal gehört habe. Dieser Strolch Malink erzählte mir vor ein paar Wochen, dass er sein Büro in das Reihenhaus von einer Frau Part, seiner Lebensgefährtin vorübergehend verlegt hat.

„Ich muss ihm ja nicht sagen, dass es sich bei dieser Frau um Maria handelt", überlegt sich Peter.

Architekt Schaller ergänzt noch: „Deswegen war mir der Name *Part* bei unserer ersten Begegnung auch nicht vollkommen unbekannt! Und falls Sie es noch nicht wissen, die Polizei hat diesen Malink dorthin gebracht, wo er schon lange hingehört!"

Peter gibt sich überrascht: „Ach so?"

Der Autor

Rudolf Schmidt wurde 1943 in Winterberg geboren und wohnt mit seiner Gattin in Linz. Neben der schriftstellerischen Tätigkeit spielt er gerne Tennis. Sein erstes Buch „Die fremde Zeit in mir" erschien 2015 ebenfalls im novum Verlag.

Der Verlag

Wer aufhört besser zu werden, hat aufgehört gut zu sein!

Basierend auf diesem Motto ist es dem novum Verlag ein Anliegen neue Manuskripte aufzuspüren, zu veröffentlichen und deren Autoren langfristig zu fördern. Mittlerweile gilt der 1997 gegründete und mehrfach prämierte Verlag als Spezialist für Neuautoren in Deutschland, Österreich und der Schweiz.

Für jedes neue Manuskript wird innerhalb weniger Wochen eine kostenfreie, unverbindliche Lektorats-Prüfung erstellt.

Weitere Informationen zum Verlag und seinen Büchern finden Sie im Internet unter:

w w w . n o v u m v e r l a g . c o m

Rudolf Schmidt

Die fremde Zeit in mir

ISBN 978-3-903067-41-7
76 Seiten

Nach einem Autounfall liegt ein Mann bewusstlos am Ufer eines Baches. In diesem Zustand erlebt er eine Realität abseits seines normalen Lebens. Die Menschen darin sind ihm auf rätselhafte Weise vertraut und doch fremd. Traum und Wirklichkeit verschwimmen …